전설 따라 팔도 명산

〈전설 따라 팔도 명산〉은
초등학교 교과서의 이런 단원과 관련이 깊어요

 **2학년 1학기 국어**

1. 느낌을 말해요

〈설문대 할망〉

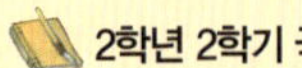 **2학년 2학기 국어**

4. 마음을 주고받으며

〈백두산 장생초〉

 **5학년 1학기 사회**

1. 하나 된 겨레

2. 다양한 문화를 꽃피운 고려

(3)불교의 영향과 고려 사람들

3. 유교 전통이 자리 잡은 조선

(1)조선의 건국과 한양

 **6학년 음악**

2. 금강산

전설 따라 팔도 명산

우리누리 글 • 김주리 그림

주니어중앙

어린이가 꿈을 키우는 터전

꿈 많은 어린 시절엔 장대한 역사와 위대한 문화유산에 관한
책을 읽는 것이 좋다.
거기에는 어린이가 꿈을 키우는 터전이 있기 때문이다.
감수성 예민한 어린 시절엔 흥미로운 그림을 통하여
재미있게 이야기를 풀어 간 책이 좋다.
그것은 시각적 인식을 통해 어린이의 상상력을 자극하기 때문이다.
『오십 빛깔 우리 것 우리 얘기』는 이런 필요조건을 갖춘
고급 어린이 교양도서라 할 만한 것이다.

유홍준
(전 문화재청장, 현 명지대 교수,
『나의 문화유산 답사기』 저자)

이 책을 추천해 주신 선생님들

● 전래 놀이, 풍속과 관련된 수업에 활용하고 있습니다. 옛 풍속과 관련해서 요즘에는 잘 사용하지 않는 용어들이 있어서 아이들이 어려워하는데, 이 책에는 사진 자료와 함께 쉽고 정확하게 설명이 되어 있어 아이들이 이해하기 쉽게 되어 있습니다.
— 손영수 선생님(가사초등학교)

● 아이들이 우리의 전통문화를 쉽게 접할 수 있도록 도움을 주는 소중한 자료입니다. 우리 학교의 독서 퀴즈 대회에서 매년 사용하는 책이랍니다.
— 성주영 선생님(도당초등학교)

● 우리의 옛 풍습과 문화, 관혼상제 등에 대해 자세히 설명되어 있어 수업을 하기 전에 미리 읽어 오라고 하는 도서입니다.
— 전은경 선생님(용산초등학교)

● 우리의 문화와 역사를 초등학생들이 이해하기 쉽도록 재미있는 옛이야기로 풀어낸 점이 가장 마음에 듭니다. 초등 교과와 연계된 부분이 많아 학교 수업에 많이 활용하는 도서입니다.
— 한유자 선생님(삼일초등학교)

김임숙 선생님(팔달초)	조윤미 선생님(화양초)	이경혜 선생님(군포초)	염효경 선생님(지동초)
오재민 선생님(조원초)	박연희 선생님(우이초)	박혜미 선생님(대평중)	이진희 선생님(수일초)
최정희 선생님(온곡초)	정경순 선생님(시흥초)	박현숙 선생님(중흥초)	김정남 선생님(외동초)
이광란 선생님(고리울초)	김명순 선생님(오목초)	신지연 선생님(개포초)	심선희 선생님(상원초)
문수진 선생님(덕산초)	정지은 선생님(세검정초)	정선정 선생님(백봉초)	김미란 선생님(둔전초)
김미정 선생님(청덕초)	조정신 선생님(서신초)	김경아 선생님(서림초)	김란희 선생님(유덕초)
정상각 선생님(대선초)	서흥희 선생님(수일중)	윤란희 선생님(안산시근로자시민문화센터어린이도서관)	

『오십 빛깔 우리 것 우리 얘기』 시리즈가 처음 출간된 지 어느덧 16년이 되었습니다. 그동안 수많은 어린이와 부모님 그리고 선생님들의 사랑을 받으며 전 50권이 완간되었고, 어린이 옛이야기 분야의 고전(古典)이자 스테디셀러로 굳건히 자리매김해 왔습니다.

이 시리즈는 '소중히 지켜야 할 우리 것'에 대한 이야기를 어린이를 위해 '쉽고 재미있게' 풀어쓴 책입니다. 내용으로는 선조들의 생활과 풍습 이야기, 문화재와 발명품 이야기, 인물과 과학기술·예술작품 이야기, 팔도강산과 고유 동식물 이야기 등 우리나라 역사와 전통문화 모든 영역을 총망라하고 있습니다. 그리고 이를 50가지 주제로 엮어 저학년 어린이도 얼마든지 볼 수 있도록 맛깔나는 옛이야기로 담아냈습니다. 장대한 역사와 위대한 문화유산을 배우기에 옛이야기만큼 좋은 형식도 없기 때문입니다.

대한민국 국민으로서 알아야 하고 전해야 할 우리 것, 우리 얘기는 아주 많습니다. 그동안 이 시리즈를 통해 많은 어린이가 우리 것을 알게 되고, 우리 얘기를 사랑하게 되었을 것입니다. 시간이 흘러도 역사와 전통문화의 향기는 변하지 않기 때문입니다.

하지만 저희는 그 향기를 담아내는 그릇이 그간 색이 바래고 빛을 잃었다는 사실에 가슴이 아프고 안타까웠습니다. 그래서 책에서 전하는 우리 것의 향기를 오롯이 담아낼 수 있는 새로운 그릇을 찾고자 하였습니다. 그 그릇을 통해 향기가 더욱 그윽해지고 멀리까지 퍼져서 수백 년, 수천 년 전의 우리 것이 오늘날에도 살아 숨 쉴 수 있도록 생명력을 주고자 하였습니다.

이에 몇 가지 원칙을 가지고 『오십 빛깔 우리 것 우리 얘기』 시리즈를 새롭게 출간하게 되었습니다.

◎ 원작이 가지는 옛이야기의 맛과 멋을 그대로 살렸습니다.

◎ 요즘 독자들의 감각에 맞추어 디자인과 그림을 50권 전권 전면 개정하였습니다.

◎ 교과 학습의 길잡이가 될 수 있도록 연계 교과를 표시하였습니다.

◎ 학습정보 코너는 유익함과 재미를 함께 줄 수 있도록 4컷 만화, 생생 인터뷰, 묻고 답하기 등으로 내용을 재구성하였고, 최신 정보와 사진을 수록하였습니다.

◎ 도표, 연표, 역사신문, 체험학습 등으로 권말부록을 풍성하게 꾸며서 관련 교과 학습을 강화하였습니다.

이 책을 처음 읽었을 8살 꼬마 독자는 지금쯤 나라와 민족에 긍지를 가진 25살 자랑스러운 대한민국 청년이 되었을 것입니다. 그 청년이 부모가 되어서도 자녀에게 다시 권할 수 있는 그런 책이 되기를 바라며, 이 시리즈를 오십 빛깔 그릇에 정성껏 담아 내어놓습니다.

주니어중앙

아름답고 신비한 우리나라 산 이야기

우리나라에는 산이 무척 많아요. 한반도 땅의 70퍼센트 정도가 산으로 이루어져 있지요. 우리의 산은 모두 백두산에서 시작되었어요. 그래서 '백두대간'이라고 부르지요. 백두대간은 백두산에서 힘차게 뻗어 내려와 금강산, 설악산, 북한산, 지리산 등 우리나라 곳곳에 수많은 명산을 빚어냈답니다.

우리 조상들은 바로 이 산과 더불어 생활해 왔어요. 산언저리에 보금자리를 꾸미고, 산기슭에서 먹을 것과 입을 것을 구하고, 산에 기대어 기쁨과 슬픔을 나누며 지금까지 살아온 거예요. 그래서 산은 우리의 역사를 말해 주는 곳이기도 하지요.

  그런데 요즘 우리의 산이 위험에
빠졌어요. 사람들이 눈앞의 이익과 편리만을 내세워
산을 파괴하고 있거든요.

  우리의 산은 우리 민족의 역사와 조상들의 이야기를 고스란히 담고
있어요. 또 나무와 풀, 동물들이 사는 생명의 쉼터이기도 해요. 그런
산을 건강하고 아름답게 가꾸는 일은 우리의 삶을 가꾸는 것과 마찬
가지이지요. 산은 우리가 살아가는 모습의 거울이기도 하니까요.

  자, 지금부터 우리나라 팔도 명산으로 여행을 떠나 보아요. 우리 산
에 얽힌 이야기를 듣다 보면 우리 산과 우리 땅 그리고 우리 삶에 대
한 소중함이 저절로 느껴질 거예요.

어린이의 벗 우리누리

차 례

🌸 **서울을 지키는 수호신 북한산** 12

백두 낭자 · 한라 도령과 함께 알아보는 **팔도 명산 이야기**

인수봉의 암벽 등반과 노적봉의 쇠말뚝 22

🌸 **하늘의 기운이 가득한 계룡산** 24

백두 낭자 · 한라 도령과 함께 알아보는 **팔도 명산 이야기**

철화 분청으로 이름난 학봉리 가마터 34

🌸 **제주도의 역사를 품에 안은 한라산** 36

백두 낭자 · 한라 도령과 함께 알아보는 **팔도 명산 이야기**

한라산 주변에 솟은 오름 46

🌸 **우리 민족의 아픔이 담겨 있는 지리산** 48

백두 낭자 · 한라 도령과 함께 알아보는 **팔도 명산 이야기**

의병들이 죽음으로 지킨 석주관 58

🌸 **세상살이의 어려움을 잊게 하는 속리산** 60

백두 낭자 · 한라 도령과 함께 알아보는 **팔도 명산 이야기**

세조 임금이 벼슬을 내린 소나무 70

우두머리 산신령이 사는 곳 태백산 72

백두 낭자 · 한라 도령과 함께 알아보는 팔도 명산 이야기

구문소 석회 동굴과 정암사 수마노탑 82

깨끗하고 아름다운 다섯 봉우리 오대산 84

백두 낭자 · 한라 도령과 함께 알아보는 팔도 명산 이야기

물 좋기로 손꼽히는 방아다리 약수 94

동해와 벗한 아름다운 산 설악산 96

백두 낭자 · 한라 도령과 함께 알아보는 팔도 명산 이야기

신선이 놀던 영랑호와 의상 대사의 낙산사 106

아름답고 신비한 일만 이천 봉 금강산 108

백두 낭자 · 한라 도령과 함께 알아보는 팔도 명산 이야기

금강산을 노래한 시와 음악 118

백두대간 산줄기의 뿌리 백두산 120

백두 낭자 · 한라 도령과 함께 알아보는 팔도 명산 이야기

만주 벌판을 달리던 고구려인 130

부록 교과가 튼튼해지는 우리 것 우리 얘기 132

한반도의 산맥과 산

서울을 지키는 수호신
북한산

 세워지기도 훨씬
오래전의 이야기예요. 통일 신라 말의 일이지요.

어느 날 도선 국사라는 스님이 왕륭을 찾아왔어요.

"언젠가 당신의 아들이 새 나라의 임금이 될 것입니다."

왕륭은 깜짝 놀랐어요. 아들이 새 나라의 임금이 된다니 기뻤지
요. 하지만 세상이 몹시 뒤숭숭하던 때인지라 조금 걱정스럽기도
했어요.

"그럼 그 나라는 얼마나 오래가겠습니까?"

"적어도 천 년은 넘을 테니 걱정하지 마십시오."

도선 국사는 왕륭에게 이렇게 대답하고 나서 아득히 먼 곳을 바
라보았어요. 아주 멀리 어떤 산이 가물가물 보였어요. 바로 북한
산이었지요.

"아, 저 산 때문에 오백 년밖에 못 가겠군요."

그 후 정말로 왕륭의 아들 왕건은 고려라는 새 나라를 세우고 임
금이 되었어요. 도읍은 개성이었지요. 하지만 도선 국사의 말처럼
오백 년 후, 고려는 망하고 조선이라는 새 나라가 세워졌어요.

조선의 첫 임금이 된 이성계는 새 궁궐터를 찾으려고 했어요.

그래서 스승인 무학 대사를 한양으로 보냈어요.

한양 땅에 도착한 무학 대사는 이쯤이면 궁궐터로 좋지 않을까 하고 걸음을 멈췄어요. 그런데 때마침 소를 타고 지나가던 한 노인이 버럭 소리를 지르는 것이었어요.

"이놈의 소! 미련하고 게으르기가 꼭 무학 같구나!"

깜짝 놀란 무학 대사는 노인에게 다가가 어디가 궁궐을 짓기에 좋은 터인지 알려 달라고 부탁했어요. 그러자 노인은 여기서 서

쪽으로 십 리를 더 가면 알게 될 것이라고 말해 주었지요.

무학 대사는 노인의 말대로 십 리를 더 가 보았어요. 과연 그곳에는 뛰어난 기운을 뿜는 궁궐터가 있었는데, 바로 북한산의 한줄기인 북악산과 인왕산 아래였지요. 그 뒤 이성계는 이곳에 조선의 궁궐인 경복궁을 지었답니다.

우리나라에는 높이가 1,000미터도 넘는 산이 많아요. 북한산에서 제일 높은 백운대가 837미터이니 북한산은 그리 높은 산이 아니지요. 하지만 북한산은 크고 힘찬 기상이 있어요.

인수봉과 백운대에서 서쪽으로는 크고 작은 바위 봉우리들이 뻗어 있어요. 눈처럼 하얀 바위 빛깔에 푸른 나무들이 어우러져 참 아름답고 깨끗하게 보여요.

최고봉인 백운대와 인수봉, 만경대 봉우리는 세모꼴로 이어서 있지요. 그래서 북한산을 '삼각산'이라고도 불러요.

우리나라의 이름 높은 산 중에는 화강암으로 이루어진 산이 많아요. 북한산도 그 가운데 하나이지요.

화강암은 용암이 땅속에서 천천히 식어서 만들어진 돌이에요. 약 1억 5천만 년 전 한반도에는 아주 큰 지각 운동이 있었어요. 이때 용암이 땅바닥 근처까지 올라왔다가 천천히 식으면서 화강암 땅이 만들어졌지요. 북한산은 바로 이 화강암 땅이 수만 년 동안 높이 솟아오르기도 하고 바람과 비에 깎이기도 하면서 만들어진 산이에요.

한편 북한산과 한강 주변은 삼국 시대부터 나라마다 탐을 내던 곳이었어요. 그래서 백제가 북한산에 성을 쌓은 뒤로 고구려나 신라가 이곳을 차지하기도 했지요. 고려 시대에는 성을 다시 고쳐 지었고요.

지금 남아 있는 북한산성은 조선 시대 때 고쳐 지은 것이에요. 그런데 모양이 좀 독특하지요. 성은 대개 국경이나 도읍의 둘레에 쌓는 것이에요. 그런데 북한산성은 산 둘레에 지었어요. 성 안은 산속이고 성 바깥이 도읍인 셈이지요. 지금도 북한산에 오르려면 성문을 지나야만 해요. 왜 그렇게 만들었을까요?

북한산은 자연이 빚은 요새라고 할 수 있어요. 요새는 전쟁에서 적의 공격에 견딜 수 있도록 지은 방어 시설이에요. 그런데 북한산은 봉우리가 빙 둘러싸고 있어서 여기에 성을 조금씩만 쌓아

올려도 높고 훌륭한 요새가 되는 거예요.

조선은 외적의 침략으로 임진왜란과 병자호란이라는 큰 전쟁을 치렀어요. 도읍을 빼앗기고 임금이 피난을 가야 할 정도였어요. 그래서 숙종 임금은 북한산성을 고쳐 짓기로 했지요. 적들이 한양까지 쳐들어와도 그 속에 들어가 끝까지 싸움을 지휘할 수 있도록 말이에요.

북한산성 안에는 여러 가지 준비도 해 두었어요. 작은 궁궐을 짓고 장수들의 지휘대와 창고도 만들었어요.

그런데 북한산성에 있던 궁궐은 훗날 우리가 일본에 나라를 빼

앗겼을 때 불탔어요. 다른 유적들도 1925년에 난 큰 물난리와 한국 전쟁을 겪으면서 망가졌지요. 하지만 지금도 북한산성 안에는 궁터와 돌기둥들이 남아 있어요.

북한산에는 재미있는 바위들도 있어요. 세검정 쪽 기슭이나 우이동 도선사로 오르는 길에 있는 부침바위들 말이에요. 특히 지금의 부암동 근처에 있던 부침바위에는 재미있는 전설이 전해져 내려오지요.

중국의 원나라가 고려를 자꾸 넘보던 때였어요. 원나라는 툭하면 쳐들어와 고려의 젊은이들을 잡아갔어요.

그런데 인왕산 아래 어느 마을에 갓 혼인한 새색시와 새신랑이 살고 있었어요. 어느 날 새신랑도 원나라 군사들에게 끌려가고 말았어요. 새색시는 너무 슬퍼서 정신을 잃을 정도였지요. 동네 사람들은 불쌍한 새색시를 보고 혀를 찼어요.

"쯧쯧, 이제 막 혼인하자마자 생이별을 하다니 너무 안됐어. 한 쌍의 원앙같이 정다워 보였는데……."

홀로 남겨진 새색시는 마냥 울고 있을 수만은 없다고 생각했어요. 그날부터 뒷산의 커다란 바위 앞에 앉아 기도하기 시작했지요.

"부디 남편을 돌려보내 주세요."

새색시는 단단한 돌멩이를 집어 들어 바위에 싹싹 문지르기 시작했어요. 그렇게 몇 날이 지나고 몇 달이 지났어요. 새색시는 매일같이 바위 앞에서 기도했지요.

"부디 남편이 돌아오게 해 주세요. 아니, 목숨만이라도 잃지 않게 해 주세요."

새색시는 돌멩이를 문지르며 열심히 기도했지요. 그 모습을 본 마을 사람들이 수군거렸어요.

"새색시가 바위에 돌을 문지르며 기도한다면서?"

"혹시 너무 슬퍼서 정신이 돈 게 아닐까?"

"무슨 소리야? 매일같이 온 정성을 다 바쳐 기도한다던데."

소문은 점점 멀리 퍼져 나갔어요. 결국 임금의 귀에까지 그 소문이 들어가게 되었지요.

“참으로 정성이 지극한 아내로구나.”

마침내 새신랑은 임금의 도움으로 무사히 집에 돌아올 수 있게 되었어요.

“이봐요, 원나라로 잡혀갔던 신랑이 돌아오고 있어요.”

새색시가 바위 앞에서 기도하고 있는데, 동네 사람 하나가 뛰어오며 이렇게 소리쳤어요. 그때 신기하게도 새색시가 문지르던 돌멩이가 바위에 철썩 달라붙었어요.

“참 신기하네. 소원을 들어주는 바위인가 봐.”

이 일은 사람들의 입에서 입으로 널리 전해졌어요. 그 뒤로 헤어진 가족을 찾는 사람이나 자식을 낳고 싶은 사람들은 이곳에 와 소원을 빌었지요. 물론 돌멩이를 바위에 문지르면서 말이에요. 그래서 북한산의 부침바위에는 조약돌들이 올망졸망 붙어 있

게 되었대요.

오늘날 북한산은 복잡한 도시 안에 있는 탓에 많은 어려움을 겪고 있어요. 산 곳곳에 뚫린 터널이나 도로, 자동차 매연 등이 나무와 새들의 보금자리를 자꾸 빼앗기 때문이지요.

그런데 우리나라에서만 자랐다고 전해지던 희귀한 산개나리가 1992년에 북한산에서 발견되었어요. 그 전까지 산개나리는 이 땅에서 모두 없어진 것으로 알려졌었거든요. 지금부터라도 북한산을 아끼고 보호한다면 더 많은 나무와 새들이 돌아올 수 있을 거예요.

인수봉의 암벽 등반과 노적봉의 쇠말뚝

서울 북쪽에 병풍처럼 솟아오른 북한산은 산세가 웅장하고 하얀 암벽이 아름다운 명산이에요. 그런데 이곳에 무시무시한 쇠말뚝이 박혀 있었대요. 과연 어떤 사연이 숨어 있을까요?

북한산의 봉우리 중에서도 모양새가 뛰어난 인수봉은 우리나라 사람들이 처음으로 서양식 암벽 등반을 시작한 봉우리예요. 몸에 줄을 묶고 가파른 바위로 오르는 운동 말이에요. 인수봉에서 우리나라 산악인들은 산에 오르는 기술을 열심히 익히고 닦았어요. 그래서 1977년 세계 최고봉인 에베레스트 산에 오를 수 있었지요. 그 후 8,000미터가 넘는 세계의 봉우리들도 모두 올랐고요. 이런 훌륭한 결과는 모두 인수봉에서 흘린 땀 덕분이었지요.

하지만 북한산에서는 가슴 아픈 일도 있었어요. 일본이 우리나라를 침략했을 때, 일본인들은 나쁜 꾀를 냈어요. 산꼭대기마다 커다란 쇠말뚝을 박아 놓은 거예요. 그러면 산의 정기가 끊어져 우리 민족이 아무 힘도 못 쓸 거라 생각했던 것이지요.

　　사람들은 이것이 그저 소문일 뿐이라고 생각했어요. 그런데 1983년에 한 할아버지의 노력으로 사실이라는 것이 드러났지요. 할아버지는 노적봉에서 쇠말뚝의 끄트머리를 발견하고 혼자 파내기 시작했어요. 바위가 상하지 않게 조심조심 파느라 1년이나 걸렸다고 해요. 쇠말뚝은 1미터도 훨씬 넘는 것이었어요.

　　이 일이 세상에 알려지자 사람들은 깜짝 놀랐어요. 많은 사람이 함께 나서서 쇠말뚝을 찾아 뽑아내기 시작했어요. 쇠말뚝은 모두 22개나 되었지요. 일을 마치고 나서 사람들은 개운한 마음으로 산신제를 올렸다고 해요.

　　그 후 북한산에서 산삼이 한꺼번에 스물한 뿌리나 발견되어 북한산을 사랑하는 사람들을 더욱 기쁘게 했어요. 산삼이 난다는 것은 산의 정기가 살아 있다는 뜻일 테니까요.

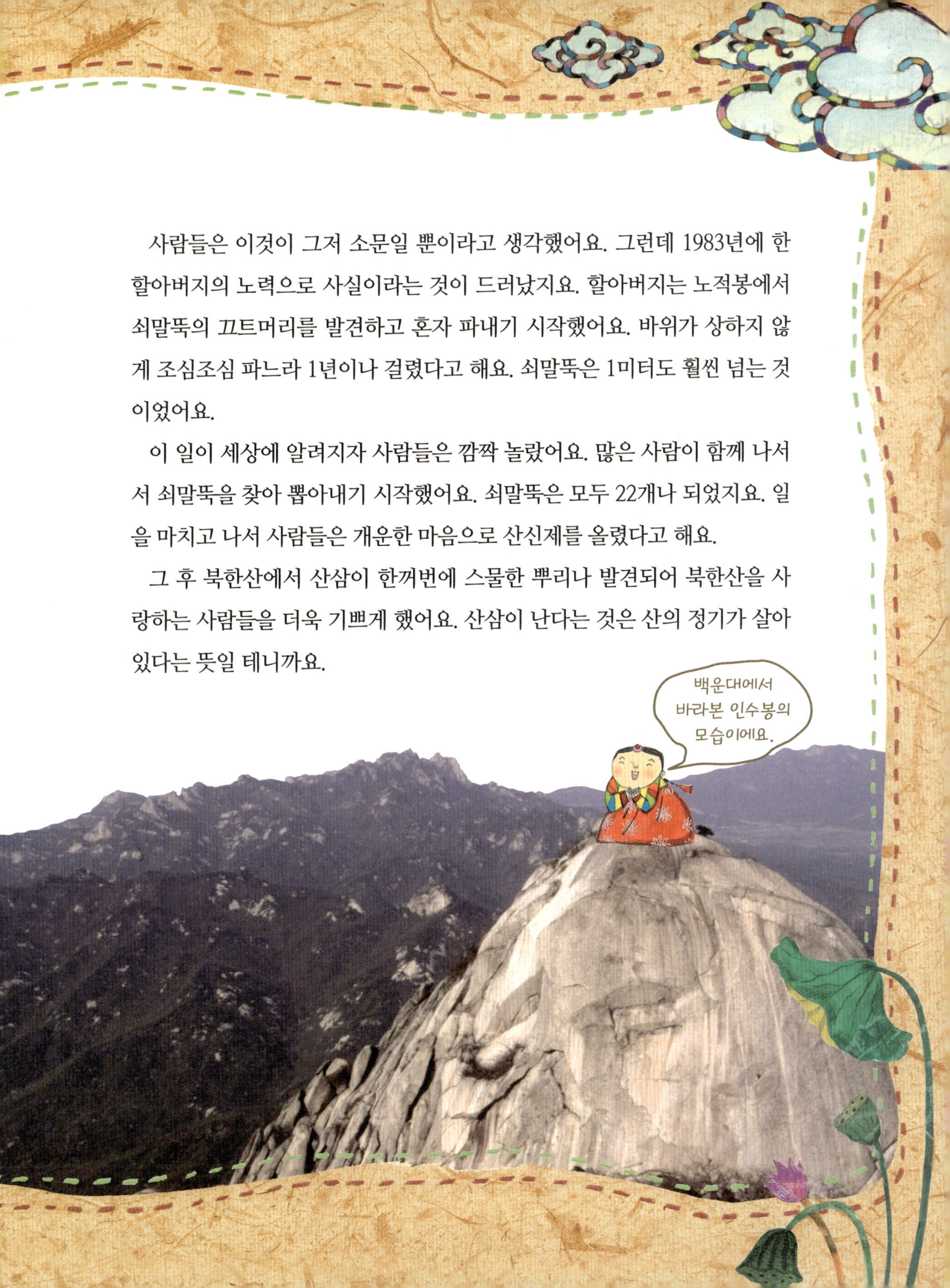

하늘의 기운이 가득한
계룡산

고려 때 한 젊은 스님이 열심히 수행을 하며 살고 있었어요. 그런데 어느 날 커다란 호랑이 한 마리가 스님을 찾아왔어요. 호랑이는 아주 고통스러운 표정이었지요. 무언가 스님에게 말을 하고 싶은 모양이었어요.

스님이 가까이 가니 호랑이는 입을 쩍 벌렸어요. 스님은 겁내지 않고 호랑이 입을 들여다보았어요.

"흠, 네가 다른 짐승을 잡아먹다가 목에 뼈가 걸렸구나."

스님은 손을 넣어 호랑이 목에 걸린 뼈를 꺼내 주었어요. 호랑이는 고맙다는 시늉을 한 뒤 돌아갔지요.

얼마 뒤에 그 호랑이가 다시 찾아왔어요. 그런데 등에 웬 처녀를 업고 있었어요. 처녀는 깊은 병을 앓고 있는 듯했지요. 스님은 처녀를 정성껏 돌봐 주었어요. 여러 날이 지나 처녀의 병은 씻은 듯이 낫게 되었어요.

"자, 이제 집이 어디인지 말해 보시오. 내가 데려다 주겠소."

"……."

처녀는 아무 말도 하지 못했어요. 자기를 구해 준 스님을 어느덧 깊이 사랑하게 되어 스님 곁을 떠나기 싫었던 거예요. 하지만 도를 닦는 스님에게 그런 말을 할 수는 없었어요.

“그냥 여기에서 지내게 해 주세요.”

스님은 할 수 없이 처녀와 함께 지내게 되었어요. 하지만 처녀가 자기 때문에 괴로워한다는 것을 알았지요.

“우리 오누이가 됩시다. 함께 평생토록 부처님의 말씀을 공부하며 수행하는 것이지요.”

처녀는 그러겠다고 했어요. 사랑하는 스님의 누이동생이 되어 부처님의 뜻에 따르는 것도 기쁘다고 여겼지요. 그 뒤 두 사람은 열심히 기도하고 부처님의 말씀을 공부했어요.

세월이 흘러 두 사람은 세상의 모든 이치를 깨닫는 경지에 이르렀지요. 훗날 사람들이 두 사람을 기리기 위해 탑을 세웠어요. 이것이 계룡산 동학사 부근에 남아 있는 남매탑이에요.

계룡산은 845미터의 천황봉과 연천봉, 삼불봉으로 이어지는 선이 마치 닭 볏을 쓴 용처럼 보이는 산이에요. 그래서 이름이 ‘닭 계(鷄)’ 자, ‘용 용(龍)’ 자가 합쳐진 ‘계룡산(鷄龍山)’이 되었대요.

계룡산은 계곡물이 쪽빛처럼 푸르다고 ‘쪽빛 람(藍)’ 자를 써서 ‘계람산(鷄藍山)’이라고도 불렸어요. 또 예로부터 옹산, 서악, 중악, 계악 등 여러 가지 이름으로 불리기도 했지요.

　충청남도에 있는 계룡산은 크기로 보아 그리 눈에 띌 만한 산은 아니에요. 그런데도 어떻게 이름난 산이 되었을까요?

　흔히 우스갯소리로 '계룡산에서 10년 동안 도를 닦은 도사'라는 말을 하지요? 이 일은 우스갯소리만은 아니에요. 왜냐하면 계룡산은 정말로 도를 닦거나, 새로운 종교를 만들려는 사람들이 많이 찾아들던 곳이거든요.

이는 계룡산이 풍수지리적으
로 좋은 곳에 자리 잡고 있기 때문이
에요. 우리 조상들은 땅과 물의 위치에
따라 사람들의 운명이 달라진다고 믿었어요.
이것을 '풍수지리'라고 하지요.

계룡산은 특별한 기운으로 가득한 산이라고 여겨져
왔어요. 지리산에서 계룡산에 이르는 산줄기가 태극 모양
으로 생겼거든요. 또 앞에 흐르는 금강의 물줄기도 그렇고요.

그래서 조선을 세운 이성계도 처음에는 이곳에 도읍을 정하려 했
어요. 궁궐을 짓는 일도 얼마 동안 했고요. 하지만 물길이 배가 다
니기에 불편하고, 남쪽에 치우쳐 있다는 이유로 반대하는 신하들
이 있었어요. 그래서 도읍이 되지는 못했지요.

계룡산에는 신털이봉이라는 곳이 있어요. 이곳은 그때 궁궐 짓

는 일을 하던 사람들이 신에 묻
은 흙을 털어 생긴 봉우리래요. 얼마
나 큰 공사였는지 짐작할 수 있지요.
　그때 궁궐을 지으려 한 곳이 신도안이라는 마
을이에요. 선인봉, 국사봉, 대둔산, 삼불봉으로 둘
러싸인 모습이 마치 용이 여의주를 품은 것처럼 보이는
곳이지요.
　오래전부터 내려오는 책 중에 《정감록》이라는 것이 있어요. 이
책은 앞으로 일어날 일들을 써 놓은 예언서예요. 그런데 이 《정감
록》에 앞으로 정씨 성을 가진 사람이 나타나 계룡산에 나라를 세
운다는 말이 있어요.
　그래서 옛날에는 이것을 믿는 사람들이 신도안으로 많이 옮겨
와 살았다고 해요. 하지만 지금은 우리나라의 육군, 해군, 공군을

지휘하는 삼군 본부가 들어서 있어요.

계룡산에는 오래된 절도 여럿 있어요. 문화재를 많이 보존하고 있는 갑사와 신원사, 동학사, 개태사 등이지요.

신원사에는 계룡산의 산신령에게 제사를 지내는 중악단이 있어요. 중악단은 조선 말기의 빼어난 건축물로 손꼽히지요.

쌀개 능선 아래 동학사에는 숙모전이 있어요. 숙모전은 옛날에 임금들과 충신들의 초혼제를 지내던 곳이에요. 초혼제는 죽은 사람의 영혼을 달래 주는 제사이지요.

개태사에는 수년 동안 땅속에 묻혔다가 우연히 발견된 삼존 석불이 자리하고 있어요. 또 아주 커다란 솥도 있지요. 옛날에는 개태사의 스님이 수백 명이나 되었기 때문에 이 큰 솥에 밥을 해 먹었던 거예요. 솥이 어찌나 큰지 지름이 3미터나 된다고 해요.

그런데 이 솥도 삼존 석불처럼 땅에 묻혔다가 우연히 되찾은 거래요. 여기에는 이런 이야기가 얽혀 있지요.

고려 때 나이 많은 스님이 개태사를 찾아왔어요.

"곧 물난리가 날 것입니다. 그러면 이 절에도 큰물이 들이닥치게 될 것이오."

스님들은 깜짝 놀랐지요.

"뭐라고요? 그럼 어찌해야 좋을까요?"

스님들은 삼존 석불이 떠내려갈까 봐 걱정이었어요.

"한 가지 방법이 있습니다. 이 절에서 쓰는 솥으로 삼존 석불을 막아 놓으시오. 그러면 삼존 석불은 안전할 것이오."

나이 많은 스님은 이렇게 말하고 돌아갔어요.

"이렇게 맑은 날씨가 이어지는데 과연 홍수가 날까요?"

"그러게 말이에요."

얼마 지나지 않아 정말로 큰 물난리가 났어요. 개태사 스님들은 삼존 석불이 떠내려가면 어쩌나 하고 걱정했어요. 그리고 의논

끝에 솥으로 삼존 석불을 막아 놓았지요.
 그런데 정말 이상한 일이었어요. 갑자기 비가
쏟아지더니 눈 깜짝할 사이에 계곡 물이 불어났어
요. 절 안으로도 큰물이 들이닥쳤지요. 하지만 솥
때문에 삼존 석불은 안전할 수 있었어요.

그렇게 삼존 석불은 지키게 되었지만 그 바람에 솥은 떠내려가 땅속에 묻히고 말았어요. 그리고 1,000년이나 지난 뒤, 사람들이 발견해서 다시 개태사로 옮겨 놓았다고 해요.

이번에는 계룡산의 경치를 한번 볼까요? 갑사가 있는 계곡은 아홉 구비가 멋있어 '갑사 구곡'이라고 하지요. 나무들이 푸르게 우거지는 여름날은 참 아름다워요. 달이 물에 영롱하게 비치는 밤이면 그 아름다움이 더욱 깊어지지요.

계룡산은 아주 높은 산이 아니어서인지 산길은 퍽 아기자기해요. 연천봉에서 관음봉에 이르면 전망대가 있어요. 이곳에서는 계룡산의 봉우리들을 모두 둘러볼 수 있지요.

가장 높은 봉우리인 천황봉 꼭대기는 아쉽게도 갈 수 없어요. 군대에서 쓰는 통신소가 있어서 보통 사람들은 다가갈 수 없지요. 하지만 계곡의 폭포나 산길을 둘러보는 것만으로도 계룡산의 멋을 가득 느낄 수 있답니다.

철화 분청으로 이름난 학봉리 가마터

계룡산 끝자락에 자리하고 있는 학봉리에는 가마터가 10여 군데나 있어요. 이곳에는 지금은 모두 부서져 알아보기 힘들지만, 분청사기 조각들이 여기 저기 흩어져 있지요.

분청사기는 청자에 하얀 백토를 분처럼 바른 것이에요. 고려의 청자는 빛

깔과 모양새가 아름답지만 쓰임새는 별로 없었어요. 그래서 평소에 쓸 수 있는 분청사기가 점차 청자보다 인기가 많아졌지요. 접시나 항아리 등의 그릇이 많았고, 모양새도 안정감 있고 튼튼했으니까요.

청자에는 학이나 하늘하늘한 버드나무를 즐겨 그렸지만, 분청사기에는 산과 강 어디에서나 볼 수 있는 물고기나 풀포기를 그려 넣었어요. 그래서 더욱 친근하고 편안한 느낌을 주지요.

분청사기에도 여러 종류가 있어요. 상감 청자처럼 칼로 무늬를 파낸 뒤 백토를 바른 상감 분청, 꽃무늬 도장을 찍은 뒤 백토를 바른 인화 분청, 넓고 굵은 붓으로 백토를 칠한 귀얄 분청, 그릇을 거꾸로 들고 백토 물에 덤벙 담갔다가 꺼낸 덤벙 분청이 있지요. 이 밖에도 박지 분청, 조화 분청, 철화 분청이 있고요.

학봉리 가마터에서 구워 내던 분청은 철화 분청이었어요. 철화 분청은 백토를 바른 뒤 철분이 든 물감으로 무늬를 그려 넣은 분청사기예요. 다른 곳의 분청사기보다 계룡산의 분청사기는 바탕흙이 거칠어요. 철분이 많이 들어 있어서 검붉은 색을 띠기도 하고요. 그래서 풀잎이나 덩굴, 물고기 무늬 등을 넣어 색을 감추었대요.

제주도의 역사를 품에 안은
한라산

옛날에 힘이 세고 활을 잘 쏘는 사냥꾼이 있었어요. 하루는 사냥꾼이 한라산 꼭대기에서 사냥을 하고 있었지요. 그런데 이상하게도 그날은 사냥감이 한 마리도 잡히지 않았어요.

"에잇, 오늘은 그냥 돌아가야겠다."

사냥꾼이 집에 가려고 돌아서는 참이었어요. 새 한 마리가 맞은 편 바위 위에 앉아 있는 것이 보였지요.

"옳거니."

사냥꾼은 재빨리 활을 쏘았어요. 그런데 화살이 빗나가고 말았어요. 다시 활을 쏘았지만 이번에도 새를 맞히지 못했어요.

"왜 자꾸만 빗나가는 거야?"

화가 난 사냥꾼은 씩씩거리며 다시 한번 활을 당겼어요. 하지만 새는 사냥꾼을 놀리듯 짹짹거리며 날아가 버렸지요.

그런데 빗나간 화살이 그만 낮잠 자던 해님을 맞히고 말았어요.

"앗! 누가 감히 나한테 화살을 쏘는 거냐?"

해님은 노발대발 화를 냈어요. 아래를 내려다보니 웬 사냥꾼이 어리둥절한 얼굴로 서서 쩔쩔매고 있었지요.

"어이구, 제가 실수를……. 용서하세요."

하지만 화가 풀리지 않은 해님은 사냥꾼이 서 있던 한라산 꼭대

기를 뻥 차 버렸어요. 그 바람에 산꼭대기 끝이 뚝 떨어져 앞 바닷가에 떨어졌지요.

그래서 한라산 꼭대기는 끝이 움푹 파인 모양이 되었다고 해요. 움푹 파인 자리는 백록담이 되었고, 떨어져 나간 산꼭대기 끝은 산방산이 되었고요.

남한 땅에서 가장 높은 한라산은 높이가 1,950미터에 이르러요. 제주도 한가운데 봉긋 솟아나 넉넉히 자리 잡고 있지요. 한라산의 한라는 은하수를 끌어올 수 있다는 말이에요. 그만큼 높다는 뜻이지요.

한라산은 2억 5천만 년 전까지 활발히 활동하다가 지금은 멈춰 버린 화산이에요. 새빨간 용암이 부글부글 끓어오르는 한라산의 모습을 상상할 수 있나요? 사실 백록담은 옛날 용암이 터져 나온 자리에 물이 고여 생긴 호수랍니다.

백록담은 깊이가 100미터쯤이고 둘레가 3킬로미터쯤이에요. 아무리 가물어도 이곳의 물은 마르지 않아요. 또 초여름까지도 눈이 녹지 않고 남아 있지요.

한라산 꼭대기에서 떠오르는 해를 바라보면 가슴이 벅차올라

요. 하지만 이곳에서 해돋이를 보는 행운은 누구나 누리지는 못하지요. 왜냐하면 높은 산이 으레 그러하듯이 한라산의 날씨도 워낙 잘 변하기 때문이에요. 맑다가 갑자기 비가 내리기도 하고, 따뜻하다가 갑자기 눈이 오기도 해요. 바람이 몰아쳤다 하면 얌전하고 온순해 보이던 산은 사라지고 성난 얼굴로 뒤바뀌지요.

한라산은 제주도 어디에서나 볼 수 있어요. 하지만 바라보는 자리에 따라 모양새가 다르지요. 멀리서 보면 나무로 만든 융단이 깔린 듯하고, 어머니의 품처럼 온화해 보여요. 또 다른 쪽에서 바라보면 험한 탐라 계곡과 빽빽한 숲의 모습이 장엄하기까지 하지요.

이렇게 모양새가 다양하고 날씨의 변화도 심하다 보니, 어떤 사람들은 한라산의 얼굴이 매일매일 바뀐다고도 해요.

40

한라산은 백두산, 지리산, 울릉도와 함께 '식물의 보물 창고'라고 불려요. 산이 높아서 높이에 따라 날씨가 달라서 여러 날씨에 맞는 식물들이 함께 자라고 있거든요. 더구나 중국, 일본과도 가깝고 흙이 독특해서 특이한 식물들도 많지요.

섬매발톱나무, 섬오갈피나무, 제주달구지풀, 한라돌쩌귀는 한라산에만 있어요. 구상나무 숲과 복수초, 솜다리, 모데미풀 등도 귀한 식물이에요. 특히 한란과 풍란은 한라산의 자랑이지요.

한라산의 영실은 우거진 수풀과 신기한 모양의 바위, 절벽으로 가득 찬 곳이에요. 이곳에는 오백 나한 또는 오백 장군이라고 불리는 바위들이 있지요. 오백 나한은 500개의 돌부처를 뜻해요. 여기에는 슬프고 좀 무시무시한 전설이 숨어 있어요.

옛날 어떤 부인이 500명이나 되는 아들들과 살고 있었어요. 식구들이 많으니 언제나 먹을 것이 부족했지요. 그런데 흉년까지 겹치자 끼니조차 잇기 힘들었어요.

"어머니, 밥 좀 주세요. 배고파요."

첫째 아들이 이렇게 말하면 둘째도 와서 말했어요.

"어머니, 배고파요."

그러면 셋째도 와서 보챘어요.

“어머니, 배고파요.”

이렇게 500명이나 되는 아들들이 줄줄이 배고프다고 하니 어머니의 마음은 몹시 아팠지요.

어머니는 아들들에게 말했어요.

“먹을 것이 없으니 나가서 좀 구해 와야겠다. 죽이라도 끓여 먹자꾸나.”

500명의 형제는 모두 조금씩 먹을 것을 얻어 왔어요. 어머니는 아들들에게 땔나무를 구해 오라고 한 뒤, 얻어 온 먹을 것을 큰 가마솥에 넣고 끓이기 시작했어요. 500명이 먹을 죽을 끓이는 가마솥은 엄청나게 컸지요. 그래서 어머니는 솥 둘레를 빙빙 돌면서 주걱으로 죽을 저어야 했어요.

"아이고, 힘들구나."

어머니는 땀을 뻘뻘 흘리며 죽을 저었어요. 그러다가 잘못해서 그만 죽 끓이는 솥에 빠지고 말았어요.

땔나무를 구하러 갔던 아들들이 돌아와서 가마솥을 보니 죽이 다 끓어 있었지요.

"야, 죽이다."

아들들은 허겁지겁 죽을 퍼먹었어요.

"이제 좀 살 것 같구나."

아들들은 겨우 숨을 돌리고 말했어요.

그런데 죽을 다 퍼낸 가마솥 바닥에 뼈가 있었어요. 이상하다고 생각하던 아들들은 그제야 어머니가 온데간데없이 사라졌다는 것을 깨달았지요.

"어머니!"

막내아들은 모든 것을 가장 먼저 알고 뛰쳐나갔어요. 너무나 부끄럽고 슬퍼 제주도 서쪽 끝에 있는 차귀도에 들어가 울다 바위가 되고 말았지요. 나머지 형들도 울다가 모두 돌이 되었는데, 그

것이 지금의 오백 나한이라고 해요. 아름다운 풍경에 이런 전설이
있다니 기분이 좀 이상하지요?

탐라 계곡은 한라산에서 가장 깊고 큰 계곡이에요. 탐라 계곡
위쪽에는 왕관처럼 생긴 바위산이 있어요. 해가 질 무렵이면 눈
부신 햇살까지 비쳐 정말 빛나는 왕관처럼 보이지요.

한라산에는 크고 작은 공기 구멍이 나 있는 현무암이 많아요.
그래서 냇물이 쉽게 땅속으로 스며들고 빠르게 바다로 흘러가 버
려 냇물이나 계곡물이 다른 산보다 적은 편이지요. 하지만 이 물
이 고여 작은 못을 이루기도 해요. 사람들은 그 물을 먹고, 그 물
로 농사도 짓지요.

한라산은 제주도 사람들의 생활 터전을 마련해 주고 있어요. 예
로부터 제주도 사람들은 바다에서 고기를 잡는 것보다 산기슭에
서 사냥하는 것을 더 좋아했어요. 그리고 가축을 기르며 적게나

마 농사를 지었지요. 산에 기대어 산에게 보호를 받고 산신령에게 감사의 제사를 지내며 살았던 거예요.

이러한 한라산을 보고 살아서인지 제주도에는 도둑과 거지, 대문이 없다고도 전해져요. 사람들의 마음이 산을 닮아 넉넉해진 탓이겠지요.

하지만 이렇게 아름다운 한라산에도 커다란 어려움이 닥친 적이 있어요. 1948년 나라 전체가 많이 혼란스러울 때였어요. 생각이 다르다는 이유로 사람들이 서로 총부리를 겨누고 싸움을 한 거예요. 한라산 기슭에서 싸움은 1954년까지 계속되었어요.

더욱 가슴 아픈 것은 그때 죽은 수만 명이 대부분 아무 죄 없는 주민들이었다는 거예요. 싸움의 중간에 끼어 가족 전체가 죽음을 당한 집도 있었다고 해요. 한라산은 이들의 슬픈 넋도 함께 간직하고 있답니다.

한라산 주변에 솟은 오름

제주도에는 360여 개의 오름이 있어요. 이 중에는 1,740미터나 되는 윗세 오름도 있고, 낮은 언덕바지처럼 보이는 작은 오름도 있지요. 또 백록담처럼 분화구를 가진 오름도 있어요. 사라 오름과 물장오리, 동수악, 물영아리 오름의 꼭대기는 작은 백록담처럼 보이지요. 이렇게 여러 가지 모양의 오름이 올망졸망 모여 커다란 한라산을 이루는 거예요.

백록담 전설에 나오는 산방산도 바로 오름이지요. 산방산은 제주도 모슬포 부근에 있는 종 모양의 산이에요. 이 곳에는 100명도 너끈히 앉을 만한 산방굴이 있어요. 산방굴 안에는 불상이 놓여 있기 때문에 산방굴사라고도 해요. 이곳에는 슬픈 전설도 깃들여 있어요.

옛날에 산방덕이라는 이름을 가진 아름다운 여자가 살았어요. 산방덕은 고승이라는 사람과 혼인하여 행복하게 살고 있었지요.

　그런데 마을의 원님이 그만 산방덕의 아름다움에 반해 버렸어요. 원님은 나쁜 꾀를 내어 남편 고승에게 억울한 죄를 뒤집어씌웠어요. 그래서 고승은 옥에 갇히고 말았지요.

　원님은 이제 산방덕이 남편 고승을 버리고 자기에게 올 거라고 생각했어요. 하지만 산방덕은 굴속으로 들어가 다시는 나오지 않았어요. 굴속에서 슬픔에 빠져 죽어 간 거지요. 그 뒤로 사람들은 이곳을 산방산 또는 산방굴이라고 부르게 되었답니다.

지리산

아주 오랜 옛날 지리산의 대성 계곡에 호야와 연진이라
는 부부가 살았어요. 둘은 서로를 무척 아끼고 사랑했지요. 하지
만 이들에게는 불행하게도 아이가 생기지 않았어요.

그러던 어느 날 남편 호야가 산속 깊이 열매를 따러 갔을 때였어
요. 연진은 쓸쓸하게 하늘을 보고 한숨을 쉬고 있었지요.

숲 속에서 이를 지켜보던 검은 곰이 연진에게 물었어요.

"당신들은 행복하게 사는 것 같던데, 왜 그리 한숨을 쉬나요?"

"우리 부부에게는 아이가 없답니다."

검은 곰은 연진을 안타깝게 여겨 이렇게 말했어요.

"저기 산 위에 있는 샘물을 마시면 아이가 생긴답니다."

그 말을 들은 연진은 단숨에 달려갔어요. 그리고 검은 곰이 알
려 준 대로 샘물을 실컷 마셨지요. 그 샘물은 바로 세석 고원
에 있는 음양수 샘물이었어요.

그런데 이 모습을 호랑이가 보았어요. 호랑이
는 검은 곰과 사이가 좋지 않았지요.

호랑이는 지리산의 산신령에게 달려갔어요.

"산신령님, 검은 곰 녀석이 음양수 샘물의 신비한 힘을 인간에게 알려 주었답니다."

산신령은 화가 머리끝까지 났어요. 그것은 산의 비밀이라 인간에게 함부로 알려 주면 안 되는 것이었거든요. 산신령은 검은 곰을 굴속에 가두고 연진에게도 무거운 벌을 내렸어요.

"너는 평생토록 세석 고원에서 철쭉을 가꾸도록 하여라."

세석 고원은 잔돌이 많은 곳이었어요. 연진은 혼자서 끊임없이 돌을 골라내며 철쭉을 가꾸어야 했어요. 철쭉을 가꾸다가 손가락에서 흐른 피 때문에 철쭉은 붉게 물들었지요. 연진은 밤이면 촛대봉에 올라 촛불을 켜 놓고 산신령에게 용서를 빌었어요. 그러다 그대로 돌이 되어 촛대봉의 앉은 바위가 되었다고 해요. 철쭉은 지금도 세석 고원에 가득 피고 있지요.

전라북도, 전라남도, 경상남도에 걸쳐 자리 잡은 지리산. 백두산에서 뻗어 내린 긴 산줄기인 백두대간은 이곳 지리산까지 이르지요. 백두대간이 흘러왔다 하여 '두류산'이라고도 해요.

지리산의 최고봉인 천왕봉은 높이가 1,915미터예요. 지리산에는 1,000미터가 넘는 봉우리만 해도 20여 개가 되지요. 지리산은 특히 샘물이 많이 솟아나는 산이에요. 1,800미터가 넘는 곳에도 샘이 있지요.

지리산은 멋진 풍경으로도 유명해요. 천왕봉과 제석봉에서 바

라보는 해돋이는 아주 장관이에요. 피아골과 뱀사골 계곡은 가을
이 되면 단풍이 멋져요. 산도 붉고, 물도 붉게 비치며, 사람도 붉
게 물들 정도라고 해요. 노고단은 구름이 바다처럼 널리 깔린 운
해가 멋지지요. 구름이 마치 파도처럼 이리저리 몰려 다녀요. 칠
선 계곡은 수풀이 가장 울창한 곳이고요.

　하지만 전쟁이 일어날 때마다 지리산의 많은 나무가 불타야 했어
요. 한때는 나무를 베어 몰래 파는 사람들도 있었지요.

　그러나 자연을 아끼는 사람들의 노력으로 지리산도 점차 살아
났어요. 지금도 지리산에는 300년 넘은 올벚나무나 노고단의 원
추리, 여우꼬리풀, 애기괭이밥, 나도옥잠화 등 귀한 식물들이 살
고 있어요. 또한 향기 좋은 차나무나 몸에 좋은 약초가 가장 많이
나는 곳으로도 소문나 있지요.

우리나라에는 산이 무척 많아요. 우리 조상들은 산을 신처럼 생각했어요. 그래서 산신제를 지내고 자연을 우러러 믿었지요. 그 중에서도 웅장한 자태의 지리산은 더 많은 우러름을 받았어요.

신라 시대에는 천왕봉에 남악사라는 사당을 세워 산신령에게 나라의 평화와 백성들의 평안, 그리고 풍년을 기원했어요. 남악은 지리산의 다른 이름이지요. 고려 시대부터는 남악사를 노고단으로 옮겨와 산신제를 지냈는데, 이는 조선 시대까지 이어졌답니다.

지리산의 절들도 오랜 역사를 가지고 있어요. 신라 때 세워진 화엄사나 연곡사 외에도 여러 절이 있지요.

그 가운데 칠불사는 아주 오랜 역사를 자랑해요. 가야의 수로왕 때인 101년에 지어졌으니까요. 우리나라 최초로 불교의 꽃을 피운 곳도 이곳이라고 해요. 칠불사에는 이런 전설이 있어요.

인도 아유타국의 허황옥 공주가 가야로 와서 수로왕과 혼인했어요. 그래서 10명의 왕자를 낳았지요. 이 가운데 일곱 왕자는 외삼촌인 보옥 선사가 전해 주는 부처님의 말씀을 좋아했어요.

어느 날 일곱 왕자는 왕과 왕비에게 말했어요.

"저희는 보옥 선사님처럼 스님이 되고 싶어요. 모든 이치를 깨달아 부처가 되겠어요."

왕과 왕비는 조금 서운했지만 허락했지요. 왕자들은 보옥 선사를 쫓아 지리산으로 들어갔어요. 세월이 흘러 일곱 왕자는 열심히 노력한 끝에 모두 부처가 될 수 있었어요.

왕과 왕비는 그 소식을 듣고 무척 기뻤어요. 왕자들이 보고 싶기도 했지요. 그래서 지리산으로 찾아갔어요. 하지만 아무리 암자 앞에서 기다려도 일곱 왕자는 두 사람을 만나 주지 않았어요.

"애들아! 내가 왔단다."

마음이 다급해진 왕비는 왕자들을 불러 보았어요. 그러자 어디선가 목소리가 들려왔어요.

"우리 칠 형제는 이미 세상과의 인연을 끊고 부처가 되었습니다. 그러니 그만 돌아가십시오."

왕비는 왕자들의 목소리를 들으니 무척 반가웠어요.

“한 번만 너희 얼굴을 보고 싶구나. 한 번만이라도.”

왕비가 애원하자 왕자들은 하는 수 없이 말했어요.

“그러면 암자 앞 연못가로 오십시오.”

왕비는 이 말을 듣고 기뻐 얼른 달려갔어요. 하지만 아무리 둘러보아도 왕자들은 보이지 않았지요.

왕비가 슬픔에 빠져 발길을 돌리려는 참이었어요. 연못 속에 일곱 왕자가 합장을 하고 있는 모습이 은은하게 비쳤어요.

“어머나, 내 왕자들아!”

왕비가 반가워서 다가서려고 하자 왕자들의 모습은 곧 사라졌어요. 그리고 다시는 나타나지 않았지요.

왕과 왕비는 서운한 마음을 거두고 왕자들을 기리기 위해 절을 지었어요. 그것이 ‘일곱 부처’라는 뜻의 ‘칠불사’이지요. 왕자들의 모습이 보였던 연못은 ‘그림자 연못’이라는 뜻의 ‘영지’라고 부르게 되었고요.

칠불사에는 ‘아자방’이라는 온돌방이 있어요. 신라 때 지어진 아자방은 온돌의 구조가 특이하여 한번 불을 지피면 49일 동안이나 따뜻하다고 해요. 아자방은 오늘날 《세계 건축 사전》에도 실려 있지요.

한편 지리산의 역사에는 어두운 일들이 많았어요. 세상이 어지럽거나 힘들 때마다 함께 고난을 겪었거든요.

아주 먼 옛날에는 마한, 진한, 가락국, 신라, 백제와 같은 나라들의 국경 부근이어서 언제나 전쟁의 무대가 될 수밖에 없었어요. 또 고려와 조선 시대에는 왜적이 쳐들어올 때마다 이 주변 마을들이 침략을 받았지요.

특히 임진왜란 때에는 우리나라 산에 있는 절들이 대부분 불타 버렸어요. 소중한 유적과 보물들이 불타거나 도둑맞았고요. 지리산의 절들도 마찬가지였어요. 하지만 지리산에 사는 백성들과 승

병들은 용감하게 나서서 왜적들과 싸웠답니다.

　이후에도 동학 농민 운동, 여수·순천 사건, 한국 전쟁과 같은 큰일이 생길 때마다 지리산은 피비린내 나는 싸움터가 되었지요. 그 와중에 아무 죄 없는 사람들까지 희생되는 비극이 일어나기도 했어요.

　이렇게 지리산은 우리 민족의 아픔이 깃든 산이기도 해요. 하지만 그 고통을 고스란히 속으로만 품은 채 여전히 의젓하게 서 있어요. 산속에 산, 또 그 속에 겹겹이 산을 품고 우리에게 자연의 생명력을 보여 주면서 말이에요.

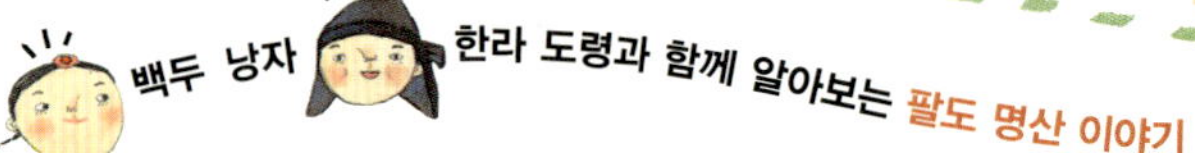

의병들이 죽음으로 지킨 석주관

석주관은 경상도에서 전라도로 들어오는 관문이에요. 이곳은 예부터 전쟁이 일어나면 적군을 막는 중요한 곳이었지요.

석주관에 있는 칠의사묘는 석주관을 지키기 위해 왜적과 싸우다 죽은 왕득인, 왕의성, 이정익, 한호성, 양응록, 고정철, 오종 등 7명의 무덤이에요.

임진왜란이 한창이던 1597년, 왜적들이 석주관을 공격해 왔어요. 석주관을 지키던 현감 이원춘이 왜적들과 싸우다 죽었지요. 이 소식을 들은 구례 백성들은 너도 나도 왜적과 싸우겠다고 나섰어요. 선비였던 왕득인도 의병들을 거느리고 석주관으로 향했지요.

의병들은 석주관에서 왜적들에 맞서 용감하게 싸웠어요. 왜적들은 뜻밖의 의병들을 만나 움츠러들 수밖에 없었지요. 하지만 의병의 수보다 왜적의 수가 훨씬 많았어요. 의병들은 무기도 보잘것없었지요. 결국 하나 둘 숨을 거두고 말았어요.

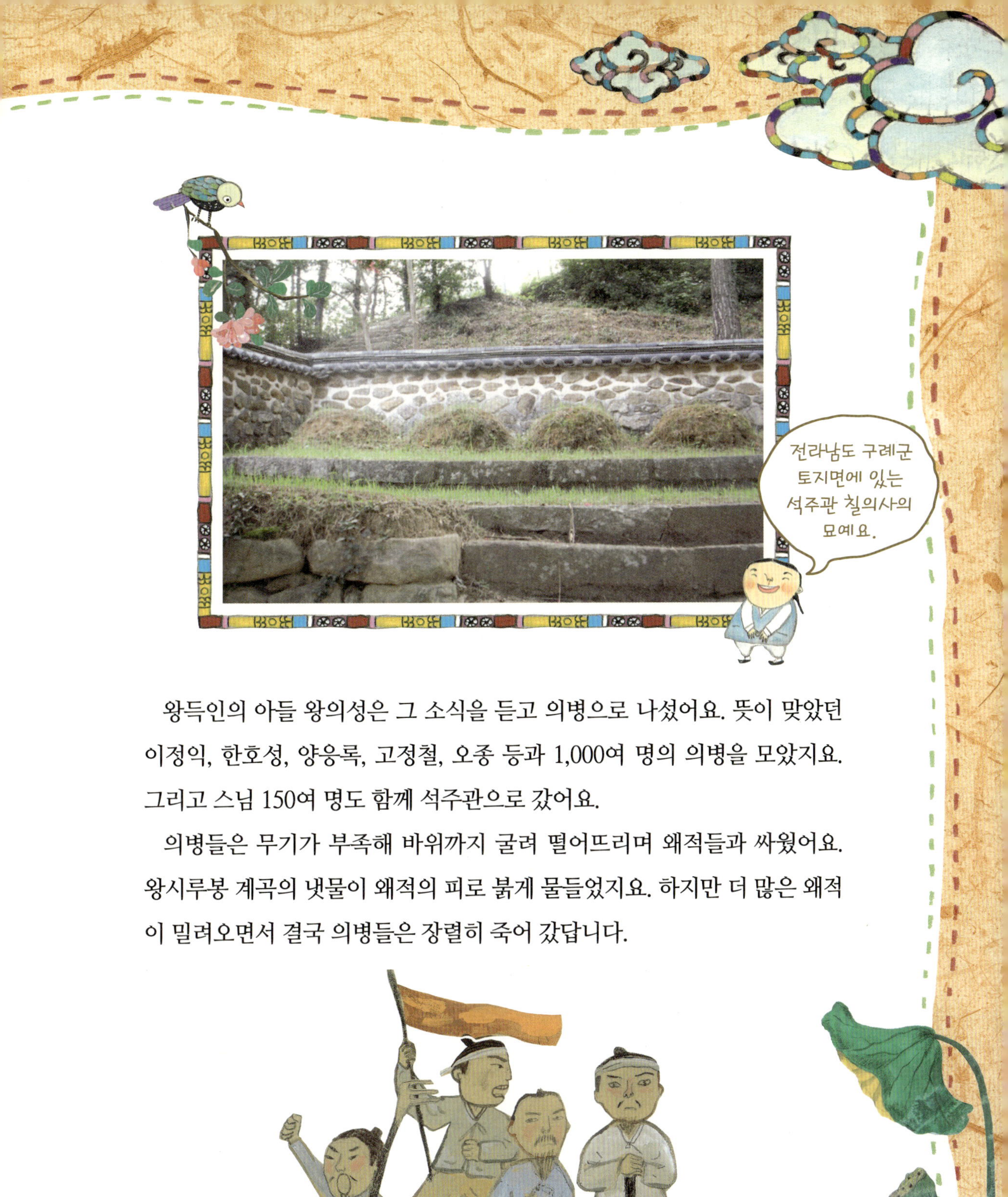

　왕득인의 아들 왕의성은 그 소식을 듣고 의병으로 나섰어요. 뜻이 맞았던 이정익, 한호성, 양응록, 고정철, 오종 등과 1,000여 명의 의병을 모았지요. 그리고 스님 150여 명도 함께 석주관으로 갔어요.

　의병들은 무기가 부족해 바위까지 굴려 떨어뜨리며 왜적들과 싸웠어요. 왕시루봉 계곡의 냇물이 왜적의 피로 붉게 물들었지요. 하지만 더 많은 왜적이 밀려오면서 결국 의병들은 장렬히 죽어 갔답니다.

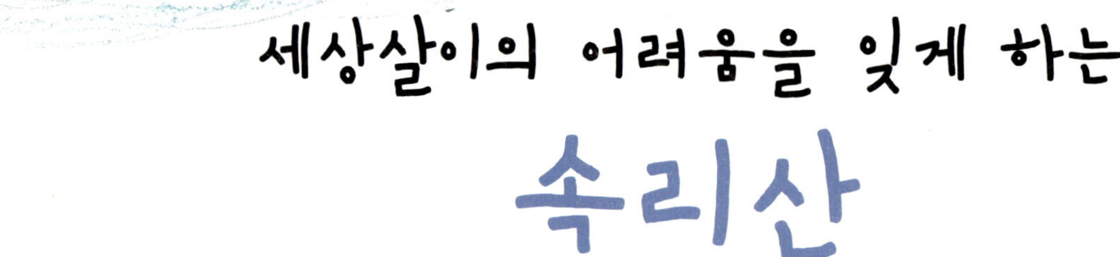

세상살이의 어려움을 잊게 하는
속리산

속리산은 태백산맥에서 남서쪽으로 뻗어 나온 소백산
맥 줄기 가운데 우뚝 솟아 있어요. 속리산에는 복천암과 목욕소
라는 명소가 있지요. 이곳에는 이런 이야기가 전해 오고 있어요.

조선 시대 세조 임금은 몸에 종기가 나는 피부병을 앓았어요.
그런데 아무리 애를 써도 낫지 않았지요. 그래서 전국의 좋다는
산과 물을 찾아다니며 치료하고자 했어요.

세조 임금은 속리산에도 찾아왔어요. 그리고 한 계곡에서 목욕
을 하고는 상처가 많이 나았지요. 그래서 세조 임금은 그 계곡 위
에 '복천암'이라는 암자를 지어 놓았대요. 그때 세조 임금이 목욕
한 연못이 바로 '목욕소'이고요.

세조 임금은 기분이 좋아 스님들에게 이런 약속을 했어요.

"저기 암자 앞에 있는 큰 바위를 너희가 옮길 수 있는 데까지 옮
겨 보아라. 그러면 그 땅을 모두 너희에게 주겠다."

스님들은 머리를 맞대고 궁리했어요.

"어떻게 하면 저 큰 바위를 멀리 옮겨 놓을 수 있을까?"

궁리 끝에 스님들은 바위를 튼튼한 줄로 꽁꽁 묶었어요. 그
리고 힘센 스님들이 나서 줄을 끌기 시작했지요.

　스님들은 바위를 끌고 법주사를 지나 사내리도 지났어요. 하지만 아무리 힘센 스님들이어도 지칠 수밖에 없었지요.

　"어이구, 힘들어. 더는 못 가겠어요."

　힘센 스님들이 모두 지쳐 버리자 이번에는 나이 든 스님들까지 나섰어요.

　"말티 고개를 넘어 보은 땅까지는 가야지."

　하지만 말티 고개는 열두 구비 험한 고갯길이었어요.

　"아이고, 도저히 안 되겠다."

　지친 스님들은 말티 고개는커녕 법주사에서 2.5킬로미터 떨어진 지금의 상판리 새목이쯤에서 모두 드러누워 버렸지요. 이 바위가 바로 '은구암'이에요.

　우리나라의 유명한 산봉우리 중에는 천왕봉이나 비로봉이라 불리는 곳이 많아요. 그런데 보통 천왕봉이 있으면 비로봉이 없고,

비로봉이 있으면 천왕봉이라는 이름의 봉우리가 없지요.

오대산, 소백산, 치악산의 꼭대기는 최고의 부처인 비로자나불에서 이름을 따온 비로봉이에요. 지리산의 꼭대기 이름은 하늘의 임금을 뜻하는 천왕봉이지요. 그런데 속리산에는 천왕봉도 있고 비로봉도 있어요. 이것만 보아도 속리산이 우리 조상들에게 얼마나 존경을 받던 산인지 알겠지요?

속리산에서 흘러내린 계곡물은 한강, 낙동강, 금강으로 이어져요. 최고봉이 1,058미터이지만 산에 오르기도 별로 어렵지 않아요. 산줄기가 험하지 않고 부드럽거든요.

그런데 속리산의 이름 풀이를 보면 좀 이상하기도 해요. '속된 세상과 이별하는 산'이라는 뜻이거든요. 산이 험하지 않아 세상 사람들은 찾고 싶어 하는데, 산은 세상과 떨어져 있고 싶다는 것일까요? 아마도 사람들이 이 산에서 세상살이의 어려움에서 벗어나 평화로움을 맛본다는 뜻이겠지요.

하지만 속리산도 세상살이가 어려울 때마다 함께 고난을 겪어야 했어요. 아주 오랜 옛날 이곳은 신라와 백제가 전쟁을 벌일 때마다 전쟁터로 변했어요. 그때 백제가 쌓은 견훤산성과 신라가 쌓은 삼년산성이 지금도 남아 있지요.

임진왜란과 한국 전쟁 때에는 속리산의 수많은 절이 모두 불탔어요. 법주사 역시 임진왜란 때 모조리 불탄 적이 있었지요. 법주사는 신라 때부터 내려오는 절이었는데, 1624년에 다시 지어졌어요.

법주사 입구에 서 있는 일주문에는 '호서제일가람(湖西第一伽藍)'이라고 쓰여 있어요. '호서 지방에서 제일가는 절'이라는 뜻이

지요. 그만큼 법주사는 오랫동안 많은 사람에게 사랑을 받아 온 절이에요. 절 크기가 엄청나서 '법주사의 솥에 국을 끓일 때에는 쪽배를 띄워 타고서 저어야 한다.'라는 우스갯소리도 있어요.

법주사에서 가장 눈길을 끄는 것은 어마어마하게 큰 청동 미륵 대불이에요. 높이가 무려 33미터나 되는 이 미륵 대불은 1990년에 완성된 것이지요.

법주사 미륵 대불이 처음 사람들에게 선보인 날, 법주사에서는 신기한 일이 일어났대요. 하늘에 무지개가 뜨고, 찬란한 빛줄기가 미륵 대불을 향해 뻗쳐 왔다고 해요. 모였던 사람들은 탄성을 질렀지요. 부처님도 이 미륵 대불의 완성이 몹시 기쁘셨나 봐요.

법주사 주변에는 재미난 전설을 가진 바위도 많아요. 법주사의 금강문을 들어서면 산꼭대기처럼 모가 난 추래암이 보여요. 이 커다란 바위는 원래 법주사 뒤 수정봉 꼭대기에 있었대요. 그런

데 멋대로 놀러 다니다가 산신령의 노여움을 사서 수정봉 아래로 걷어 차였다고 전해지지요.

좀 서글픈 전설을 지닌 바위도 있어요. 수정봉에는 거북 모양의 바위가 있어요. 그런데 거북의 머리 부분에는 끊어졌다가 다시 이어 붙인 자국이 있지요.

중국 당나라 때 태종이라는 임금이 있었어요. 어느 날 태종 임금은 세수를 하려다 세숫물에 이상한 그림이 비치는 것을 보았어요. 바로 거북 모양이었지요.

"아니, 이게 무슨 해괴한 일인가?"

태종 임금은 도사를 불러 까닭을 알아보았어요.

"이것은 동쪽 나라에 있는 거북 바위입니다. 그 나라에 큰 인물이 나타날 징조이지요. 그가 우리 당나라로 쳐들어와 재물을 빼앗아 갈지도 모릅니다."

태종 임금은 깜짝 놀랐어요.

"그럼 어떻게 해야 좋단 말인가?"

"그 바위를 찾아 없애 버려야 하지요."

태종 임금은 당장 부하들에게 동쪽 나라의 거북 바위를 없애 버리라고 명령했어요. 그래서 태종 임금의 부하들은 속리산의 거북

바위 목을 잘라 버렸어요. 땅의 기운을 누르기 위해 거북 바위 부근에 돌탑까지 쌓았고요. 훗날 사람들이 뜻을 모아 거북의 머리를 다시 붙였고, 돌탑도 모두 치워 버렸다고 해요.

하지만 사람들의 그런 나쁜 꾀에도 산은 언제나 살아 숨 쉬고, 생명으로 가득 차 있어요. 그래서 산에 오르면 힘은 좀 들지만 활력을 되찾는 거지요. 더구나 속리산은 즐거움도 큰 산이에요. 산 여기저기에 재미난 이야기를 품은 곳이 많거든요.

하얀 바위 봉우리인 비로봉 가까운 곳에 입석대라는 바위가 있어요. 조선 시대에 임경업 장군이 일으켜 세웠다는 전설의 바위지요. 임경업 장군은 굉장한 장사였나 봐요. 입석대 주변에는 임경업 장군이 마셨다는 샘물인 장군수도 있고, 어렸을 때 무술을 닦았다는 경업대도 있지요.

목욕소 가까운 곳에 있는 은폭은 숨어 있는 폭포라는 뜻이에요. 바위 동굴에서 물 떨어지는 소리만 들릴 뿐 보이지는 않지요. 그래서 옛사람들은 그 속에 신선이 사는 별천지가 있을 거라고 상상했다고 해요.

속리산 최고의 전망대는 문장대예요. 여기에서는 속리산의 아름다운 봉우리들은 물론이고 세상이 다 보이는 듯하지요. 그래서

속리산에서 사람들의 발길이 가장 잦은 곳이기도 해요. 문장대는 큰 암석이 하늘 높이 치솟아 있지요.

속리산의 아름다운 자연은 바위 봉우리에만 있지 않아요. 천연기념물인 속리산 망개나무는 가을이면 붉은 열매를 자랑해요. 그리고 천연기념물인 하늘다람쥐도 있는데, 안타깝게도 그 수가 점점 줄어들고 있지요.

세조 임금이 벼슬을 내린 소나무

산에 오르지 않더라도 속리산 부근에서는 세조 임금에 얽힌 이야기를 쉽게 만날 수 있어요.

충청북도 보은에서 속리산에 가려면 말티 고개라는 고갯길을 넘어야 해

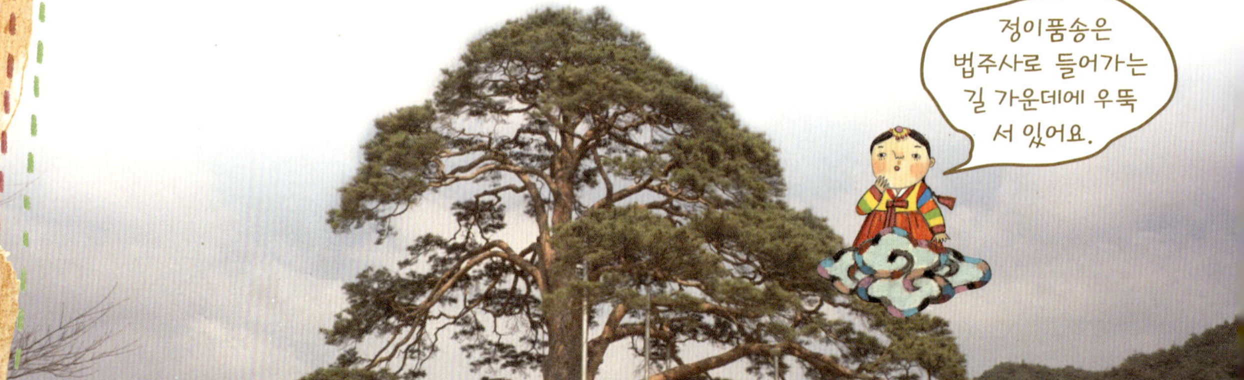

요. 세조 임금이 가마를 타고 이 고개를 넘어갈 때였어요. 고개가 워낙 가파르고 구불구불하니 가마꾼들은 지칠 대로 지쳐 버렸지요. 그래서 세조 임금은 하는 수 없이 말을 타고 고개를 넘었대요. 그때 임금이 말을 타고 넘었다 해서 '말티 고개'라는 이름이 붙은 것이지요.

그리고 신기한 소나무에 대한 이야기도 있어요. 세조 임금이 속리산에 거의 다다랐을 때였어요. 법주사로 가는 길에 소나무 한 그루가 있었지요. 그런데 신하들은 세조 임금이 탄 가마가 아래로 처져 있는 소나무 가지에 걸릴까 봐 걱정이었어요.

"여봐라, 왜 가지 않고 서 있는 것이냐?"

한 신하가 대답했지요.

"황송하옵니다. 가마가 소나무 가지에 걸릴 것 같아 그만……."

"가마가 걸린다……."

세조 임금이 이렇게 말하자 신기한 일이 벌어졌어요. 소나무가 제 스스로 가지를 번쩍 올리는 것이었지요. 신하들은 놀라서 입을 딱 벌리고 말았어요.

"참 충성스러운 나무인지고. 이 나무에게 정이품의 벼슬을 내리노라."

세조 임금은 이 나무에게 벼슬을 내렸지요. 그 뒤로 사람들은 이 나무를 '정이품송'이라고 불렀어요. 정이품송은 600년이 지난 지금도 의젓하게 속리산 자락을 지키고 있답니다.

우두머리 산신령이 사는 곳
태백산

동해와 나란히 내려오던 백두대간이 서쪽으로 비스듬히 뻗기 시작하는 곳에 태백산이 우뚝 솟아 있어요. 태백산을 지난 백두대간은 다시 소백산과 속리산, 덕유산을 지나 지리산에 이르지요.

태백산은 높이가 1,549미터예요. 높이로 보면 남한에서 다섯 번째이지요. 하지만 우리 조상들은 이 산에 산신령들을 다스리는 우두머리 산신령이 산다고 믿었어요. 우리 겨레의 성스러운 땅이라고도 하고요. 왜 그럴까요?

태백산의 꼭대기 장군봉에 올라 보면 그 이유를 짐작할 수 있지요. 이곳에는 천왕단이 있어요. 단군에게 제사를 지내던 곳이지요. 옛날 책을 보면 단군이 고조선을 다스리던 때부터 천왕단이 있었다고 해요. 단군은 여기에서 하늘의 신에게 제사를 지냈지요.

신라, 고려, 조선 때에도 천왕단에서 하늘과 단군, 태백산 산신령, 그리고 다른 수많은 신에게 제사를 지냈어요. 오늘날에도 이것은 이어지고 있고요.

장군봉에서 세상을 바라보면 멀리 뻗어 나가는 산줄기들이 끝없이 굽이쳐 보여요. 지금은 다른 이름을 가지고 있지만, 태백산 주변의 산들도 옛날에는 모두 태백산이라고 불렀어요. 그리고 가까이 태백시도 보이지요.

　지금의 태백시에는 '황지'라는 이름의 커다란 연못이 있어요. 황지에는 이런 전설이 담겨 있지요.

　옛날 태백산 근처 어느 마을에 황씨 성을 가진 큰 부자가 살았어요. 황 부자네 집은 아주 으리으리했어요. 헛간마다 쌀과 곡식이 가득가득 넘쳐 났고요.

　하지만 황 부자는 인색하고 고약한 마음씨를 지닌 사람이었어요. 마을에 굶주린 사람이 도와 달라고 해도 황 부자는 본체만체했어요. 사람들은 그런 황 부자를 노랑이라고 욕했지요.

어느 날 한 늙은 스님이 황 부자
네 집 대문 앞에 나타났어요.

"똑똑똑똑……."

스님은 조용히 목탁을 두드리고 있었어요.
황 부자네 하인이 대문을 열었어요.

"나무아미타불 관세음보살."

스님을 본 하인은 어쩔 줄 몰랐어요. 황 부자는 부처님에게 시
주하지 않을 것이 분명했거든요.

"우리 주인은 시주를 안 할 텐데요."

하지만 스님은 아무 말 없이 서 있었어요. 하는 수 없이 하인은
황 부자에게 아뢰었어요.

"나리, 어떤 스님이 시주를 받으러 온 모양인데요."

"뭐라고? 나보고 쌀을 달라는 거냐?"

황 부자가 벌컥 화를 내자 하인은 우물쭈물 망설였어요.

"네 녀석이 부처님에게 벌을 받을까 봐 겁나는 게로구나. 옳지,
내게 좋은 생각이 떠올랐다."

황 부자는 등 뒤로 무언가를 들고 대문으로 갔어요.

"옛소, 잘 가시오."

황 부자는 스님이 메고 있는 바랑에 들고 있던 것을 밀어 넣었지요. 스님은 두 손 모아 공손히 합장했어요.

황 부자는 대문을 쾅 닫더니 배를 움켜잡고 웃었어요.

"아버님, 왜 그러세요?"

황 부자의 며느리가 이상하여 물었어요.

"내가 넣어 준 게 쇠똥인 줄도 모르고……. 하하하."

며느리는 시아버지가 스님에게 쇠똥을 시주했다는 말을 듣고 어쩔 줄 몰랐어요.

'아이고, 이를 어쩌지?'

며느리는 얼른 바가지에 쌀을 퍼 담았어요. 그리고 황 부자 몰래 스님을 쫓아갔지요.

"스님, 제가 아버님 대신 이렇게 용서를 빌겠습니다. 부디 노여워 마세요."

스님은 황 부자의 며느리를 가만히 바라보았어요.

"큰일이 날 터이니 나를 따라오시오."

스님은 이렇게 말하고 빠른 걸음으로 앞서 갔어요. 며느리는 영문도 모른 채 스님을 황급히 쫓아갔지요.

한참을 가고 있는데 뒤에서 갑자기 천둥이 치는 소리가 들려왔어요. 며느리가 깜짝 놀라 뒤를 돌아다보니, 자기가 살던 집이 물에 가라앉고 있었어요. 잠시 미륵보살의 모습이 보이더니 집은 온데간데없이 사라져 버렸지요. 그리고 커다란 연못이 생겼는데, 이것이 바로 황지래요.

장군봉에서 세상을 둘러보고 조금 더 가면 단종 비각이 나와요. 비각은 비를 세우고 그 위를 덮어 지은 집이에요. 단종은 작은아버지인 세조에게 억울하게 임금 자리를 빼앗기고 어린 나이에 죽

은 조선 시대의 왕이지요. 어떤 사람들은 단종이 죽어 태백산 산
신령이 되었다고 생각했대요. 그래서 이곳에 비석을 세웠지요.

단종 비각 위쪽으로는 망경사라는 절이 있어요. 절 바로 곁에는
'용정'이라는 샘이 있지요. 아주 맑고 깨끗해서 소문난 샘물이에
요. 옛날에는 이 샘이 바다의 용궁과 통해 있다고 믿었대요. 그래
서 이름을 용정이라고 했지요.

장군봉 맞은편에는 문수봉이 있어요. 문수봉은 태백산에서는
드물게 큰 바위들이 많은 곳이지요.

사실 태백산은 북한산이나 설악산과는 달리 바위보다는 흙이

많은 산이에요. 바위는 산 아래 골짜기에나 조금 있을 뿐이지요. 그래서 산의 모습이 둥글둥글한 게 너그러워 보여요.

하지만 문수봉만은 그렇지 않아요. 아주 뾰족하지는 않지만 큼직한 바위들이 엉겨 있는 것이 멀리서 보면 산에 눈이 쌓인 것처럼 보이지요. 특히 문수봉 아래 당골 계곡은 신기한 모양의 바위들이 많아서 태백산에서 가장 아름다운 계곡으로 손꼽혀요.

태백산 산기슭에는 정암사라는 절이 있어요. 신라 선덕여왕 때 자장 율사가 지은 오래된 절이지요. 이 절에 얽힌 이야기도 아주 재미있어요.

자장 율사는 지혜를 맡은 보살인 문수보살을 직접 만나고 싶었어요. 그래서 문수보살이 항상 머문다는 오대산에서 열심히 기도를 하고 있었지요.

그런데 하루는 꿈속에 문수보살이 나타나 이렇게 일렀어요.

"나를 만나고 싶으면 태백산으로 오너라."

자장 율사는 기뻐서 단숨에 태백산으로 갔지요. 이곳저곳을 찾다가 칡덩굴이 우거진 곳을 발견했어요.

"아하, 문수보살께서 말씀하신 곳이 바로 여기구나."

자장 율사는 이곳에 정암사라는 절을 세웠어요. 그로부터 여러

날이 지난 후, 허름한 차림새의 노인이 정암사를 찾아왔어요. 노인이 멘 망태기 속에는 죽은 강아지 한 마리가 들어 있었지요.

노인이 자장 율사의 제자들에게 말했어요.

"자장을 만나러 왔다."

자장 율사의 제자들은 기가 막혔어요.

"아니, 온 나라에서 존경을 받는 우리 스승을 웬 거지가 함부로 부르느냐?"

그리고 제자들은 노인의 앞을 가로막았어요. 방 안에서 그 소리를 들은 자장 율사도 '어떤 미친 사람이 와서 소란을 피우는가 보다.' 하고 생각했지요.

그때 노인이 우렁찬 소리로 외쳤어요.

"내가 이렇게 찾아왔는데도 마음이 교만하여 나를 알아보지 못하는구나."

그러더니 망태기에서 죽은 강아지를 꺼냈어요. 강아지는 곧 사자로 변했지요. 노인은 사자를 타고 빛을 뿜으며 날아갔어요. 그 노인이 바로 문수보살이었던 거예요. 깜짝 놀란 자장 율사가 뒤따라갔지만 문수보살은 이미 사라진 뒤였지요. 자장 율사는 깊이 뉘우치고 그 뒤로 더욱 열심히 수행에 힘썼다고 해요.

구문소 석회 동굴과 정암사 수마노탑

> 태백산은 경관이 빼어나지는 않지만 웅장함이 느껴지는 산이에요.
> 산 정상에는 예로부터 하늘에 제사를 지내던 천제단이 있지요.
> 우리 함께 태백산이 품은 명소를 알아볼까요?

황 부자 전설이 있는 황지는 지금의 태백시 시청 앞에 있어요. 요즘도 이 곳에서는 매일같이 5,000톤이나 되는 물이 쏟아져 나오고 있어요. 그래서 태백 사람들의 식수가 되고 낙동강으로 흘러가기도 하지요.

황지의 물은 산맥을 뚫고 지나가면서 구문소라는 깊은 연못을 만들었어요. 구문소는 구무소라고도 하는데, '구무'는 구멍, 굴의 옛말이에요. 그러니 구무소란 '구멍이 있는 연못'이라는 뜻이지요.

구문소 주변은 땅이 석회암으로 되어 있어요. 석회암은 물에 잘 녹아서 물이 지나가는 자리를 따라 신기한 풍경을 만들어 내요. 그 중 하나가 구문소

에 있는 자개문이라는 석회 동굴이에요. 자개문은 높이가 20~30미터, 너비가 30미터 정도로 마치 개선문이나 무지개다리처럼 생겼어요. 이런 모양의 석회 동굴로는 세계적인 크기라고 하지요.

한편 태백산 정암사는 5대 적멸보궁 중 하나예요. 적멸보궁은 부처님의 사리를 보관해 둔 곳을 말하지요.

자장 율사는 중국에서 부처님의 뼈와 몸에서 나온 사리를 가져와 다섯 군데에 나누어 놓았다고 해요. 그곳은 바로 경상남도 양산의 통도사, 강원도 설악산의 봉정암, 영월의 법흥사, 오대산의 월정사, 태백산의 정암사예요.

정암사에서는 수마노탑 안에 부처님의 사리를 모셔 놓았다고 전해져요. 수마노탑은 보물로 지정되어 있답니다.

깨끗하고 아름다운 다섯 봉우리
오대산

자장 율사는 신라 때의 이름 높은 스님이에요. 부유한 집안에서 태어났지만 어려서 부모님을 모두 여의었지요. 그 뒤 세상의 모든 것이 헛되다고 느껴 절에 들어가 스님이 되기로 마음먹은 거예요.

636년에 자장 율사는 중국의 오대산으로 불경 공부를 하러 떠났어요. 중국의 오대산에 문수보살이 가끔 모습을 드러낸다는 말을 들었거든요. 오대산의 태화지라는 연못가에서 자장 율사는 열심히 기도하며 지냈어요.

그러던 어느 날 자장 율사는 이상한 꿈을 꾸었어요. 문수보살이 꿈에 나타나 네 가지 말을 전해 준 거예요. 하지만 꿈에서 깨어난 자장 율사는 마음이 갑갑했어요. 인도 말이라 무슨 뜻인지를 알 수 없었기 때문이지요.

이튿날 한 스님이 자장 율사를 찾아왔어요.

"무슨 생각에 그토록 잠겨 있습니까?"

"꿈에 문수보살께서 지혜의 말을 남겨 주셨지만 뜻을 알 수 없기 때문입니다."

스님은 가만히 웃으며 물어보았지요.

"뭐라고 하셨는데요?"

"가라파좌낭, 달예다구야, 낭가사가낭, 달예노사야……."

스님은 조용조용 그 뜻을 풀이해 주었어요.

"모든 법을 남김없이 알고 싶은가. 본래 바탕이란 있지 않은 것. 이러한 법의 성품을 이해하라. 그러면 곧바로 노사자불을 보리라. 이러한 뜻입니다."

그러더니 스님은 꾸러미를 하나 내밀었어요. 꾸러미에는 스님들이 입는 옷인 가사 한 벌과 밥그릇인 바리때, 그리고 열반에 든

스님의 몸에서 나오는 사리들이 있었어요. 깨달음을 얻고 죽는
것을 불교에서는 '열반에 든다'고 하지요.

"이것은 부처님의 것입니다. 잘 간직하십시오. 그리고 당신의
나라에도 오대산이 있지요? 그곳에 만 명의 문수보살이 항상 머
물고 계십니다. 가서 뵙도록 하십시오."

스님은 이렇게 말하고 홀연히 사라졌어요. 자장 율사는 현명한
스님을 만날 수 있어 감사하다는 기도를 올렸지요. 문수보살을
직접 만나 보지 못한 것이 아쉬웠지만, 자장 율사는 짐을 싸고 길
을 나서기로 했어요.

그런데 이번에는 태화지에서 커다란 용이 나타났어요.

“당신이 만난 늙은 스님이 바로 문수보살이랍니다.”

용은 자장 율사에게 넌지시 알려 주었어요. 자장 율사는 기뻐하며 서둘러 우리나라의 오대산으로 발길을 돌렸어요.

백두대간의 한가운데 자리 잡은 오대산. 우리 조상들은 본래 산신령에 대한 믿음이 컸지요. 게다가 만 명의 문수보살이 사는 산이라는 불교 이야기까지 보태져서 오대산은 조상들의 사랑을 듬뿍 받았어요.

오대산은 1,563미터의 비로봉을 비롯해 동대산, 두로봉, 상왕봉, 호령봉의 다섯 봉우리가 죽 늘어서 있어요. 그래서 오대산이라고 하지요. 이 다섯은 모두 1,500미터 안팎의 높은 봉우리예요.

오대산에는 금강초롱꽃이나 사창분취처럼 높은 산에서 자라는 희귀 식물이 있어요. 또 주목 숲이나 이깔나무, 월정사 입구의 전나무 숲도 아름답지요.

오대산에는 사향노루, 산양, 장수하늘소, 까막딱따구리, 수리부엉이, 하늘다람쥐, 수달 등 천연기념물로 보호 받고 있는 동물들이 많이 살고 있어요. 또 오대산에서 시작해서 남한강까지 흘러가는 오대천에는 열목어처럼 깨끗한 물에만 사는 물고기들이 살고 있지요.

오대산에는 우리나라의 국보와 보물, 문화재, 유적지도 여럿 있어요. 특히 월정사와 상원사에는 귀중한 석탑과 동종이 있지요. 월정사 팔각 9층 석탑은 국보로 지정되었어요. 우리나라에서 가장 오래된 종인 상원사 동종도 국보로 지정되어 있고요.

월정사에서 조금 떨어진 곳에는 오대산 사고지가 있어요. 오대

산 사고는 조선 시대 때 왕별로 역사적 사실을 기록한 책인 《조선 왕조실록》을 보관하던 장소이지요.

그리고 더 나아가면 월정사와 상원사에 이르지요. 오대산 월정사는 5대 적멸보궁 중 한 곳이에요. 적멸보궁은 부처님의 뼈와 사리를 둔 곳을 말하지요.

상원사에는 나무로 만든 문수 동자상이 있어요. 문수 동자상에는 이런 전설이 전해지지요.

세조 임금은 몸에 자꾸 종기가 나는 피부병을 앓았어요. 그래서 전국의 좋은 산을 찾아다니며 부처님에게 기도하고 있었지요. 오대산에 온 세조 임금은 신하들과 상원사로 향하던 중 한 계곡에서 몸을 씻기로 했어요. 하지만 상처투성이의 몸을 누구에게도 보여 주기 싫었지요.

"나 혼자 할 테니 너희는 모두 물러나 있어라."

하지만 세조 임금은 여기저기 아픈 상처를 혼자 닦는 게 쉽지 않았어요. 그때 숲 사이로 어린 동자승 하나가 지나가는 것이 보였어요.

"애야, 이리 좀 오너라."

"무슨 일인지요?"

동자승은 쪼르르 달려왔어요.

"내 등 좀 닦아 주겠느냐?"

"네."

동자승은 고름까지 난 종기를 보고도 싫은 내색 하나 없이 조심스럽게 세조 임금의 몸을 닦았어요.

"다 되었습니다."

세조 임금은 동자승의 천진난만한 얼굴을 바라보았어요.

“내가 누군지 아느냐?”

동자승은 웃기만 했어요.

“나는 이 나라의 임금이다. 하지만 네가 내 몸을 씻겨 주었다는 것을 아무에게도 말하지 마라.”

동자승은 웃음을 띤 채 이렇게 말했지요.

“그럼 임금께서도 문수보살을 직접 만나 보았다는 것을 아무에게도 말하지 마십시오.”

그러고는 바람처럼 사라져 버렸어요. 세조 임금은 깜짝 놀라 사방을 둘러보았어요. 하지만 이미 동자승의 모습으로 나타났던 문수보살은 보이지 않았지요.

씻은 몸을 살피던 세조 임금은 더욱 놀랐어요. 몸의 상처가 아물어 있었던 거예요. 세조 임금은 상원사로 가서 자기가 본 모습대로 문수 동자상을 만들게 했지요.

이러한 유물들은 주로 오대산의 서쪽 땅에 있어요. 진고개를 사이에 둔 동쪽의 오대산은 ‘소금강’이라고 해요. 작은 금강산처럼 아름답다고 해서 그렇게 불러요. 서쪽의 오대산은 모양새가 부드럽고 순한 데 비해, 소금강은 온갖 모양의 바위들이 들어차 있는 아름다운 곳이지요.

신선들이 사는 무릉도원에서 이름을 딴 소금강의 무릉 계곡은
가을 단풍이 아주 고와요. 또 무릉 계곡 끝자락에 자리한 용추 폭
포와 쌍폭은 그야말로 장관을 이루지요.

그 밖에도 소금강에는 구룡 폭포와 십자소, 연화담처럼 맑은 계
곡물과 신기한 모양의 바위들이 빚은 아름다운 연못도 많아요.
또 산속으로 쫓기던 수백 명의 군사들이 함께 밥을 먹은 자리라
는 식당암도 소금강의 명물이랍니다.

물 좋기로 손꼽히는 방아다리 약수

> 오대산 국립공원의 남서쪽 끄트머리에는 유명한 방아다리 약수가 있어요. 우리나라에서 가장 훌륭하다는 약수터 중 하나인 방아다리 약수에 대해 알아볼까요?

방아다리라는 이름은 옛날 디딜방아의 모양을 닮아서 붙여진 거라고 해요. 또 다른 이야기도 있어요. 옛날 어떤 아주머니가 바위 한가운데 움푹 파인 곳에 곡식을 넣고 방아를 찧었대요. 그런데 바위가 쩍 갈라지면서 약수가 솟았다는 거예요. 그래서 방아다리라 부르게 되었다지요.

이런 이야기도 전해져요. 오래전 어떤 사람이 속병을 오래 앓았대요. 병을 고쳐 보려고 전국을 돌아다니며 좋다는 약을 다 써 보았지요. 그러다가 돈이 모두 떨어져 오대산 자락에서 머슴살이를 하고 있었어요.

그러던 어느 날 꿈속에 산신령이 나타났어요.

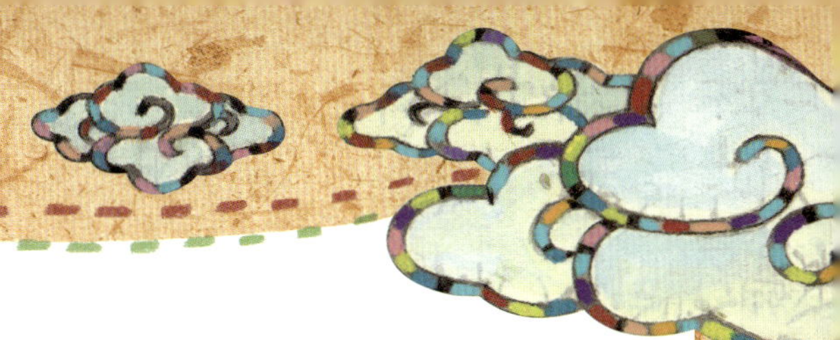

　“이 부근의 산자락에 아주 신통한 약수가 있느니라. 하지만 이 사실을 백일 동안은 아무에게도 이야기하면 안 되느니라.”

　이 사람은 약수를 먹고 정말로 병을 고쳤대요. 그리고 백 일이 지난 다음에야 사람들에게 방아다리 약수가 있는 곳을 알려 주었다는 거예요.

　방아다리 약수에는 여러 가지 몸에 좋은 성분이 들어 있어서 위장병, 피부병, 빈혈을 치료하는 데 효과가 있다고 해요. 또 탄산이 들어 있어서 사이다처럼 혀끝을 톡 쏘고, 짙은 쇳물 맛이 나지요.

　약수도 훌륭하지만 주위의 숲이 울창해서 신선한 공기를 쐬러 오는 사람들도 많아요. 이곳에서 그다지 멀지 않은 신약수터의 물도 뛰어나다고 해요.

　이 밖에도 오대산 자락에는 송천 약수, 가마소 약수 등 이름난 약수터가 많이 있답니다.

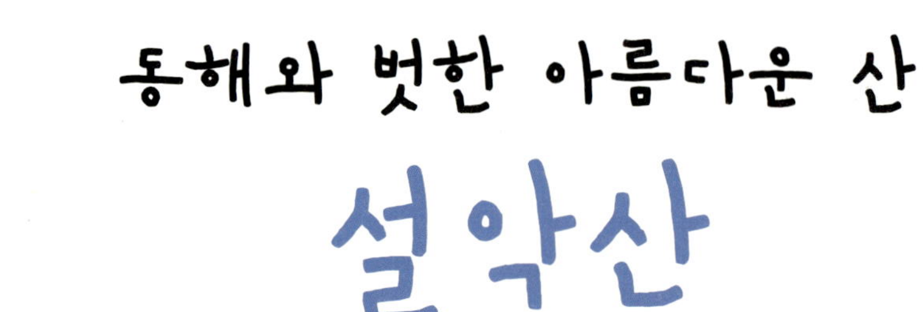

동해와 벗한 아름다운 산
설악산

옛날 옛날 아주 옛날, 산신령이 금강산을 만들 때의 이야기예요. 아주 멋있는 산을 만들어 보려던 산신령은 전국의 산들에게 알렸어요.

"금강산에 자리 잡을 가지각색의 일만 이천 봉우리를 모으겠노라. 그러니 모두 제 산에 있는 큰 바위들을 보내라."

그래서 온 나라의 큰 바위들이 길을 떠났지요. 경상남도 울산에 있던 바위도 이 소식을 듣고 서둘러 금강산을 향해 나섰어요.

그런데 이 바위는 워낙 몸집이 커서 걸음이 더딜 수밖에 없었어요. 가도 가도 금강산은 나오지 않고 어느덧 해가 저물게 되었지요. 피곤하고 지친 울산의 바위는 그만 잠이 들고 말았어요.

다음 날 아침 바위는 기운을 차리고 다시 길을 나서려 했어요. 그런데 어젯밤에 이미 일만 이천 봉이 다 차 버렸다는 소식이 들리는 거예요.

"아이고, 이를 어쩌나."

울산의 바위는 다시 돌아가려니 너무 까마득했어요. 오도 가도 못하는 형편이었지요. 그래서 그냥 그 자리에 남아 있기로 했다고 해요.

이것이 바로 설악산의 북쪽에 있는 거대한 바위산, 울산 바위의

전설이에요. 날아가던 새가 앉기도 어려울 만큼 사방이 절벽으로
이루어져 있지요.

그런데 세월이 한참 흐른 뒤, 울산 원님은 울산 바위를 설악산
에 빼앗긴 것이 억울하다는 생각이 들었어요. 울산 원님은 설악
산의 스님들을 골탕 먹이기로 했지요. 그래서 설악산에 있는 절
인 신흥사로 갔어요.

"이 설악산에 우리 고을의 바위가 와 있다지? 경치 좋은 바위를
두고 모르는 체하고 있다니, 괘씸하다! 빌려 준 셈 칠 테니 이제
부터는 바위 세를 꼬박꼬박 내도록 하여라."

터무니없는 말이었지만 스님들은 어쩔 수 없었어요. 백성들을 괴롭히는 못된 벼슬아치들이 많던 때이니까요.

해마다 울산에 바위 세를 바치느라 절의 살림은 점점 쪼들렸어요. 주지 스님의 얼굴에는 늘 걱정이 가득했지요.

이때 한 동자승이 나서서 물었어요.

“스님, 무슨 걱정이라도 있으세요?”

“어린 네가 알 일이 아니다.”

스님은 손을 내저으며 말했어요. 하지만 동자승이 자꾸 꼬치꼬치 물어보는 바람에 스님은 모든 이야기를 해 주었지요.

“난 또 뭐라고……. 제가 나서 볼게요.”

마침 바위 세를 받으러 울산 원님이 행차했어요.

동자승이 나서서 말했어요.

“잘 오셨습니다. 그렇지 않아도 저 바위를 도로 가져가시라고
연락할 참이었습니다.”

울산 원님은 깜짝 놀랐어요.

‘어허, 이것 봐라. 꾀가 보통이 아닌걸. 그래도 질 내
가 아니지.’

“좋다. 곧 가져갈 테니 바위를 묶어 놓아라.
아무 줄이나 쓰면 바위가 상하니 꼭 새끼줄
을 태운 재로 묶어야 한다.”

스님들은 이 말을 듣고 어이가 없었지요. 어떻게 재로 바위를 묶을 수 있겠어요?

하지만 동자승은 싱긋 웃었어요.

"알겠습니다. 그렇게 해 놓을 테니 꼭 가져가십시오."

동자승은 마을의 청년들과 새끼줄을 꼬기 시작했어요. 그리고 새끼줄을 소금물에 절였어요. 스님들은 동자승이 무슨 생각을 하고 있는지 알 수가 없었지요.

동자승은 새끼줄로 울산 바위를 묶게 하고 불을 질렀어요. 새끼줄은 타서 재처럼 보였지만 소금에 절인 속은 튼튼하게 남아 있었지요.

울산 원님이 돌아와 이것을 보고는 입을 다물지 못했어요.

"내가 네 꾀를 당할 수 없구나."

울산 원님은 하는 수 없이 빈손으로 돌아가고 말았대요.

설악산에서 가장 높은 1,708미터의 대청봉은 1년 가운데 다섯 달은 눈에 덮여 있다고 해요. 그래서 '눈 설(雪)' 자, '큰 산 악(嶽)' 자를 합쳐서 이름이 '설악산(雪嶽山)'이 된 것이지요.

사람들은 흔히 우리나라 산 중에 금강산이 가장 아름답다고 해요. 그러나 금강산은 찾아가기 쉬웠기 때문에 더 사랑을 받았던 것인지도 몰라요. 그곳에는 일찌감치 기찻길도 놓였거든요. 요즘은 그렇지 않지만 예전에는 설악산으로 가려면 걸어서 두메산골을 한참 지나야 했어요. 그래서 설악산은 꼭꼭 숨겨 둔 보물 같은 산이었지요.

하지만 설악산도 금강산 못지않게 아름다운 산이에요. 설악산에서만 볼 수 있는 멋진 풍경도 많지요.

특히 설악산은 자연의 엄숙함이 깃든 산이에요. 설악산에는 귀한 동물과 식물이 많이 살고 있거든요. 그래서 1982년에 세계 기구인 유네스코에서 '생물권 보존 지역'으로 정하기도 했어요. 특히 가지가 옆으로 누운 듯 자라는 눈잣나무는 남한에서 설악산에만 있지요.

산양, 사향노루, 하늘다람쥐, 까막딱따구리 등도 설악산에 살아요. 또 칠성장어와 열목어는 보호를 받아야 할 물고기예요.

설악산은 바다 쪽의 외설악과 안쪽을 향한 내설악으로 나뉘어 불려요. 두 군데의 모습이 좀 다르기 때문이지요.

외설악은 신기한 모양으로 솟은 바위와 절벽이 힘차고 빼어나

게 아름다워요. 외설악에는 설악산을 대표하는 계곡인 천불동 계곡이 있어요. 이곳에는 1,000개가 넘는 뾰족한 봉우리가 폭포, 작은 못, 울창한 숲과 어우러져 있어요. 비선대, 귀면암, 오련 폭포에서 설악산의 최고봉인 대청봉에 이르기까지 외설악의 빼어난 장소는 다 셀 수 없을 정도이지요.

외설악이 화려한 모양새를 자랑한다면, 내설악의 모양새는 아주 우아해요. 내설악의 수렴동 계곡, 가야동 계곡에도 수많은 연못과 폭포가 있어요. 우리나라 3대 폭포 중 하나인 대승 폭포, 두 줄기 물이 합쳐져 내리는 쌍폭 등 시원스레 떨어지는 물줄기가 사람들의 가슴을 활짝 열어 주지요.

내설악의 관음봉과 동자봉 아래에는 오세암이라는 작은 암자가 있어요. 이곳에도 신비한 전설이 담겨 있지요.

먼 옛날 이 암자에는 설정 스님이 어린 조카와 함께 살고 있었어요. 스님의 조카는 일찌감치 부모를 여의었지요. 조카는 스님을 따라 곧잘 불경도 외우고 부처님에게 불공도 드렸어요.

겨울이 다가왔어요. 설악산은 눈이 무척 많이 내리는 곳이에요. 그래서 겨우내 먹을 양식을 미리 구해 놓아야 했지요. 스님은 조카를 암자에 두고 마을로 내려갔어요.

그런데 갑자기 내리기 시작한 눈이 멈추지 않는 것이었어요. 하루가 지나고 이틀이 지나고도 눈은 그치지 않았어요. 스님은 조카가 걱정되어 조바심이 났어요. 하지만 키보다 더 높이 쌓인 눈을 헤치고 산에 오를 수는 없었어요.

스님은 그동안 부쩍 여위어 갔어요. 추운 곳에서 어린 조카가 굶어 죽었을 것을 생각하니 마음이 찢어지는 듯했지요.

마침내 봄이 되어 눈이 녹았어요. 스님은 산길을 허겁지겁 올랐어요. 그런데 조카가 암자에서 나오며 밝게 인사하는 것이었어요.

"다녀오셨어요?"

스님은 조카를 얼싸안았지요.

"어떻게 된 거니?"

"엄마가 와서 돌봐 주셨어요. 재워도 주고 밥도 주고 같이 놀아 주신걸요."

스님은 이상했어요. 조카의 엄마는 오래전에 세상을 떴기 때문이지요. 그때 관음봉 쪽에서 어떤 여인이 내려왔어요.

"이 아이는 큰 도를 깨우쳤답니다."

그리고 여인은 사라졌어요. 스님은 이 여인이 관세음보살이라고 생각했어요.

"아, 관세음보살께서 너를 보살펴 주셨구나."

그때 조카의 나이가 다섯 살이었어요. 그래서 사람들은 이 암자를 '오세암'이라고 부르게 되었답니다.

화랑이 머물던 영랑호와 의상 대사의 낙산사

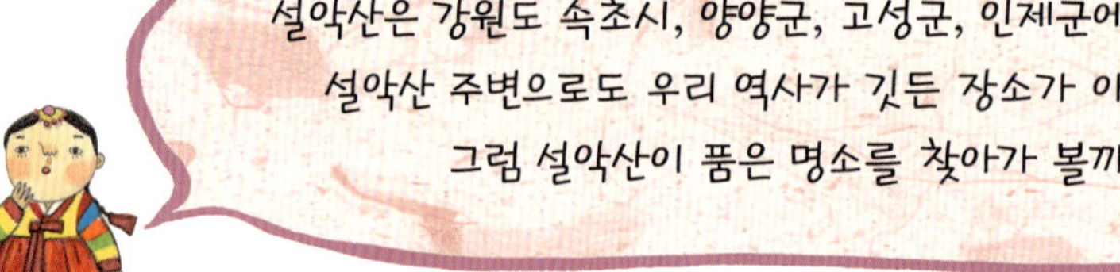

설악산은 강원도 속초시, 양양군, 고성군, 인제군에 걸쳐 있어요.
설악산 주변으로도 우리 역사가 깃든 장소가 아주 많지요.
그럼 설악산이 품은 명소를 찾아가 볼까요?

설악산과 가까운 속초 부근에는 영랑호라는 호수가 있어요. 신라 시대 화랑인 영랑이 발견했다 하여 붙여진 이름이지요. 영랑호는 화랑들의 수련장으로 이용되었다고 해요.

맑은 영랑호의 서쪽 멀리에는 백두대간의 아름다운 봉우리들이 병풍처럼

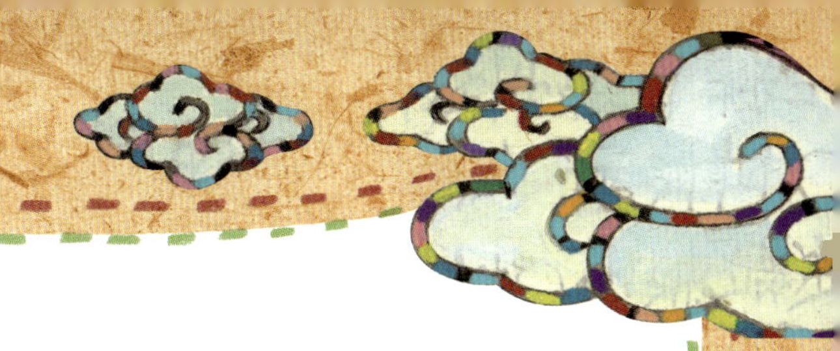

둘러서 있고, 가까이는 야트막한 산들이 에워싸고 있지요. 게다가 동쪽으로는 탁 트인 동해가 이어져 있어요.

속초에서 양양으로 가는 길에는 낙산사와 의상대가 있어요. 낙산사는 신라의 의상 대사가 만든 절이지요. 이곳은 관동 팔경, 즉 대관령 너머 동쪽 지방에서 꼽는 여덟 군데의 아름다운 곳 중 하나예요.

불교에서는 낙산사에 자비의 보살인 관세음보살이 머문다고 해요. 그래서 커다란 해수 관음상이 바다가 보이는 언덕에 서 있어요.

의상대는 의상 대사가 기도하던 곳이에요. 이곳에서 바라보는 동해의 풍경은 아주 멋지지요.

속초에서 북쪽으로 간성과 대진을 지나면 남한의 동북쪽 끝 산봉우리에 통일 전망대가 있어요. 이곳에 오르면 멀리 금강산이 보이지요. 또 금강산 자락의 끄트머리가 바다에 닿아 솟은 해금강도 보여요. 짙푸른 동해에 솟은 하얀 바위들은 참 예쁘지요.

휴전선을 사이에 두고 망원경으로 금강산을 보면 안타까운 마음이 들어요. 금방이라도 손으로 더듬을 수 있을 것같이 가까워 보이는데 갈 수는 없으니까요.

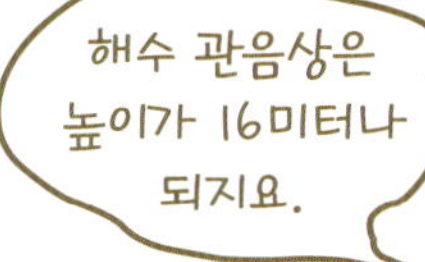

아름답고 신비한 일만 이천 봉
금강산

옛날 옛적 금강산 기슭에 마음씨 착한 나무꾼이 살고 있었어요. 산에서 나무를 하던 나무꾼은 사냥꾼에게 쫓기던 사슴 한 마리를 구해 주었지요. 사슴은 고마운 나무꾼에게 소원을 물었어요. 나무꾼은 곱고 착한 아내를 맞아 오순도순 사는 것이라고 말했어요.

"깊은 밤이면 하늘에서 선녀들이 내려와 목욕을 하는 연못이 있어요. 그 선녀들의 날개옷 중에서 하나를 감추어 놓으면 된답니다. 하지만 결혼해서 아이 셋을 낳을 때까지는 선녀의 날개옷을 돌려주지 마세요."

나무꾼은 사슴의 말대로 했어요. 모두 하늘로 돌아가는데 한 선녀만 옷이 없어져서 발을 동동 굴렀지요. 나무꾼은 선녀에게 함께 살자고 했어요.

나무꾼과 선녀는 부부가 되었어요. 어느덧 아이도 둘이나 낳았지요. 너무나 행복했던 나무꾼은 사슴의 말을 까맣게 잊고, 아내에게 날개옷을 보여 주고 말았어요.

"어머, 내 날개옷! 입어 보고 싶어요."

나무꾼의 아내는 날개옷을 보자 반가워 눈물까지 흘렸어요. 옷을 갈아입으니 아내는 다시 선녀로 변하고 말았지요. 그러자 두

아이를 양팔에 안으며 말했어요.

"미안해요. 저는 하늘 나라로 돌아가고 싶어요."

그러고는 훨훨 날아가 버렸지요. 사랑하는 아내와 아이들을 잃은 나무꾼은 슬픔에 빠졌어요. 산기슭을 미친 듯이 헤매고 다녔지요. 이것을 안 사슴이 찾아왔어요.

"사슴아, 무슨 방법이 없겠니?"

"좋아요. 알려 드릴게요. 당신이 선녀의 옷을 감춘 뒤로는 선녀들이 연못으로 목욕하러 오지 않아요. 대신 두레박을 내려 연못 물을 길어 올리지요. 그러니 두레박이 내려올 때 재빨리 올라타세요. 아내와 아이들을 만날 수 있을 거예요."

나무꾼은 사슴의 말대로 했어요. 그래서 하늘 나라에 있는 가족들을 다시 만날 수 있었답니다.

이 이야기는 여러분도 잘 아는 '선녀와 나무꾼'이지요. 그런데 이 이야기가 바로 금강산에 얽힌 이야기라는 것도 알고 있나요? 선녀가 목욕하던 곳은 금강산 만물상에 있는 천선대였다고 해요.

금강산은 철마다 바뀌는 아름다움 덕분에 이름이 많아요. 봄에는 금강산, 여름에는 봉래산, 가을에는 풍악산, 겨울에는 개골산이라고 하지요. 하지만 어떻게 불러도 금강산의 아름다움을 다 말하지 못할 거예요.

금강산은 1,638미터의 비로봉을 비롯해 1,000미터 넘는 봉우리가 60여 개에 이른다고 해요. 크고 작은 봉우리까지 모두 합하면 이루 셀 수 없을 정도라고 하지요. 그래서 흔히 일만 이천 봉이라

고 해요. 수십 수백 개의 계곡에는 수정같이 맑은 물이 흐르면서 그림 같은 폭포와 연못을 빚어내요.

금강산도 설악산처럼 외금강과 내금강으로 나뉘어 불리지요. 외금강은 힘차고 신기한 모양새의 바위 봉우리들이 황홀할 정도예요. 이에 비해 내금강은 빽빽한 나무들이 바위들과 어우러져 은근한 아름다움을 뽐내지요. 외금강의 만물상과 구룡연, 그리고 내금강의 만폭동 계곡은 금강산에서도 아름답기로 손꼽히는 곳이에요.

금강산은 주로 바위로 이루어진 산이에요. 하지만 최고봉인 비로봉은 신기하게도 수풀이 우거져 있어요. 이렇게 높은 곳에는 희귀한 식물들이 자라게 마련이지요. 금강산에서 처음 발견된 금 강초롱꽃이나 금강국수나무는 천연기념물이에요. 금강봄맞이, 비로봉쑥, 솜다리 등 진귀한 식물만 해도 140가지가 넘는다고 해 요. 산양과 반달가슴곰, 사향노루와 같이 보기 드문 동물들도 금 강산 식구예요.

옛날 금강산에는 봉우리만큼이나 절과 암자도 많았대요. 그중 에서도 유점사, 장안사, 표훈사, 신계사가 가장 이름 높은 절이었 어요. 하지만 지금은 거의 사라졌다고 해요. 금강산에서 가장 번 창했던 유점사도 신기한 전설만 남아 있을 뿐이래요.

지금으로부터 2,500여 년 전, 인도에서 부처님이 막 열반에 들 었을 때였어요. 문수보살은 사람들에게 수많은 불상을 만들게 했 어요. 그리고 이것을 불 속에 던져 넣었어요. 좋고 나쁜 것을 가 려내려고요.

결국 금으로 만든 53개의 불상만이 타지 않고 남았대요. 문수보 살은 이 53불을 돌로 만든 배에 실었어요.

"53불은 부처님의 뜻이 있는 나라로 가거라. 부처님의 말씀을 전해서 세상의 사람들을 구하라."

　　문수보살은 이렇게 말하며 배를 바다에 띄웠어요. 글을 새긴 큰 종도 함께 실었지요. 배가 둥실둥실 흘러 인도 남쪽의 월씨국을 지날 즈음이었어요. 바다에서 고기를 잡고 있던 사람들이 배를 발견했어요.

　　"배가 좀 이상해 보이지 않아? 사람도 타지 않았고 말이야. 왕께 보여 드리자."

　　사람들은 53불과 종을 가지고 왕에게 갔어요. 월씨국의 왕은 종에 새겨진 글을 읽어 보았지요.

　　"아주 영광스러운 일이로다. 부처님의 뜻이 우리 월씨국에 닿았나 보구나."

　　월씨국 왕은 무척 기뻤어요. 그래서 큰 절을 지어 53불을 모셨지요. 그런데 갑자기 나라 안에 이상한 일들이 일어났어요. 궁궐에 큰불이 나고 하늘에서는 번개와 천둥이 쳤어요.

　　왕은 이상한 꿈을 꾸기도 했어요. 53불이 왕의 꿈속에 나타난 거예요.

"왕이여, 우리들은 이 땅에 오려던 것이 아니었습니다. 우리를
막지 마십시오."

왕은 53불을 억지로 월씨국에 두면 무서운 일이 벌어질 것만 같
았지요. 그래서 얼른 배에 53불과 종을 실어 바다로 띄워 보낼 수
밖에 없었어요.

배는 동쪽으로, 동쪽으로 자꾸만 흘러갔어요. 큰 바다를 건너
고, 여러 나라를 지나기도 했지요. 배는 500년이나 이리저리 떠돌
았어요. 그러다가 우리나라 동해 바닷가에 닿았어요. 53불은 가
까이에 솟은 금강산을 바라보았어요.

"과연 극락세계와도 같은 산이구나. 부처님의 뜻이 가히 머물
만하도다."

53불은 바닷가 언덕의 돌기둥에 종을 매달
았어요. 종을 울려서 53불이 도착했다고
세상에 알렸지요. 그리고 나서 53불은
금강산을 향해 줄지어 나섰어요.

　고을 태수 노춘은 이 소식을 듣고 부랴부랴 바닷가로 달려갔어요. 하지만 53불은 이미 떠난 뒤였지요.
　"귀한 손님들이 왔는데, 내가 한 발 늦었구나."
　노춘은 포기하지 않고 금강산을 헤매었지요. 어디선가 조그맣게 종소리가 들려왔어요.
　"53불이 가져왔다던 그 종소리로구나. 종소리를 따라가 보자."
　노춘은 금강산의 일만 이천 봉을 다 뒤지다시피 했지요. 그러다가 용천동 계곡의 커다란 느릅나무 위에 53불이 올라가 있는 것을 보았어요. 노춘은 기뻐하며 이 사실을 왕에게 전했지요. 왕도 무척 놀라워했어요.
　"느릅나무 밑에 있는 큰 연못

을 메워 터를 다듬어라. 그곳에 53불을 위한 절을 지어야겠다. 절 이름은 '느릅나무 유' 자를 써서 유점사라고 하겠노라."

그런데 큰 연못에는 아홉 마리의 용이 살고 있었어요. 용들은 자리를 비켜 주지 않았어요. 사람들이 일하는 것을 자꾸 방해하기만 했지요.

"아무래도 안 되겠군. 에잇!"

53불은 부처님의 힘으로 연못의 물을 모두 말려 버렸어요. 아홉 마리 용은 효운동 계곡의 구룡소라는 작은 연못으로 달아났어요. 여기서도 쫓겨난 용들은 다시 구룡 계곡의 깊은 연못인 구룡연과 상팔담으로 도망쳤다고 해요.

이렇게 해서 53불은 느릅나무 등걸에 앉은 채로 유점사 법당 안에 모셔질 수 있었대요. 53불은 유점사뿐 아니라 금강산 안팎의 여러 곳 전설에도 나타나고 있답니다.

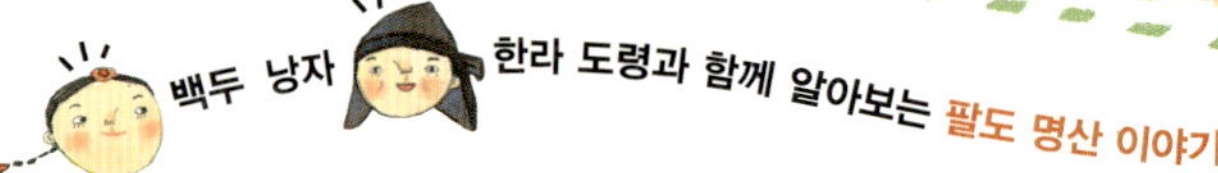

금강산을 노래한 시와 음악

금강산을 찾았던 사람들은 그 아름다움을 전하고 싶어 했어요.
그래서 금강산을 담은 많은 작품이 태어나게 되었지요.
그럼 금강산을 담은 시와 음악을 알아볼까요?

유명한 천재 방랑 시인 김삿갓은 '금강산에 가서 멋진 시를 써야지.' 하고 마음먹었대요. 하지만 막상 와 보니 그 훌륭한 경지를 다 담을 수 없다고 한탄했지요.

"우뚝우뚝 뾰족뾰족 하도 신기해서 사람도, 신선도, 귀신도, 부처님도 모두 놀라는구나. 내 평생 금강산을 아껴서 시를 쓰려 하였는데, 막상 금강산

에 와서 보니 내 어찌 감히 시를 쓰리오.”

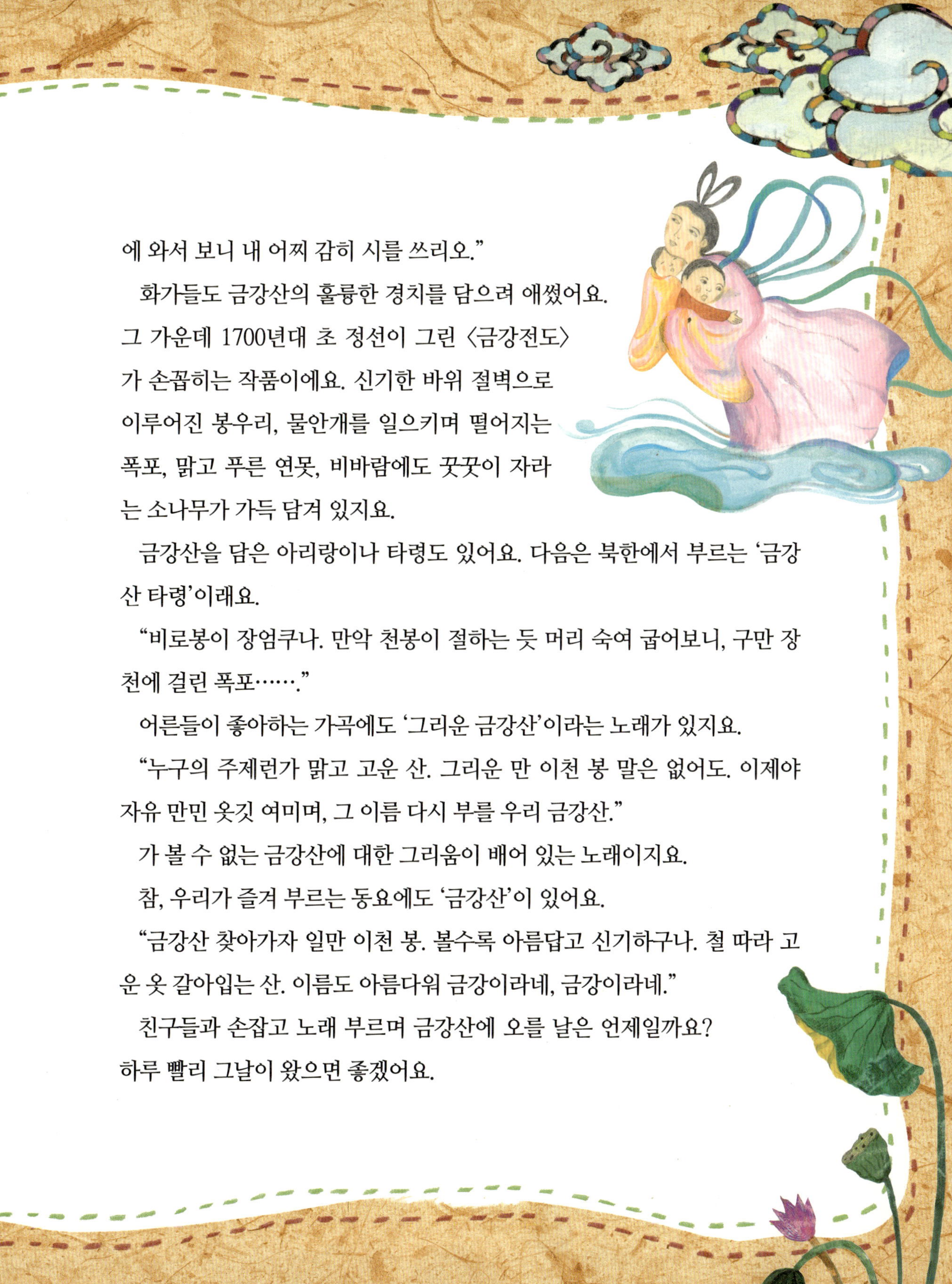

화가들도 금강산의 훌륭한 경치를 담으려 애썼어요. 그 가운데 1700년대 초 정선이 그린 〈금강전도〉가 손꼽히는 작품이에요. 신기한 바위 절벽으로 이루어진 봉우리, 물안개를 일으키며 떨어지는 폭포, 맑고 푸른 연못, 비바람에도 꿋꿋이 자라는 소나무가 가득 담겨 있지요.

금강산을 담은 아리랑이나 타령도 있어요. 다음은 북한에서 부르는 ‘금강산 타령’이래요.

“비로봉이 장엄쿠나. 만악 천봉이 절하는 듯 머리 숙여 굽어보니, 구만 장천에 걸린 폭포…….”

어른들이 좋아하는 가곡에도 ‘그리운 금강산’이라는 노래가 있지요.

“누구의 주제런가 맑고 고운 산. 그리운 만 이천 봉 말은 없어도. 이제야 자유 만민 옷깃 여미며, 그 이름 다시 부를 우리 금강산.”

가 볼 수 없는 금강산에 대한 그리움이 배어 있는 노래이지요.

참, 우리가 즐겨 부르는 동요에도 ‘금강산’이 있어요.

“금강산 찾아가자 일만 이천 봉. 볼수록 아름답고 신기하구나. 철 따라 고운 옷 갈아입는 산. 이름도 아름다워 금강이라네, 금강이라네.”

친구들과 손잡고 노래 부르며 금강산에 오를 날은 언제일까요? 하루 빨리 그날이 왔으면 좋겠어요.

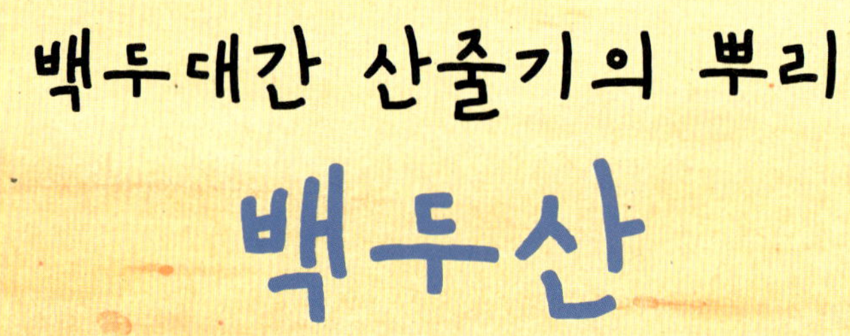

백두대간 산줄기의 뿌리
백두산

아득히 먼 옛날의 일이에요. 하늘의 신 환인에게는 환웅이라는 아들이 있었어요. 환웅은 하늘 일에는 관심이 없고, 하루 종일 사람들의 세상만 내려다보았어요.

"너는 왜 그토록 아래 세상만 내려다보느냐?"

환웅이 대답했지요.

"아버님, 저는 사람들이 좋아요. 하지만 그들은 별로 행복하지 않아 보여요. 저렇게 아름다운 자연 속에 살면서도 먹을 것 때문에 다투지요. 저는 그들에게 가서 행복하게 사는 방법을 알려 주고 싶어요."

"그래, 좋다. 가서 사람들을 이롭게 해 주어라."

환인은 서운했지만 환웅을 사람들의 세상으로 보내 주었어요. 환웅이 처음 발을 내디딘 땅은 백두산이었어요.

환웅은 백두산 마루터기의 신단수 아래에 '신시'라는 도시를 열었어요. 그리고 이곳에서 사람들을 다스렸지요. 농사짓는 법을 가르치고, 좋은 일과 나쁜 일을 가리는 법도 만들어 서로 다투지 않도록 했어요.

그런데 하루는 곰과 호랑이가 환웅을 찾아왔어요.

“저희도 사람이 되고 싶어요.”

곰과 호랑이는 애타게 빌었지요.

“좋다. 하지만 사람이 되는 일은 쉽지 않다. 사람에게는 해야 할 일과 하지 말아야 할 일이 있는 법이니까. 너희가 얼마나 참을성이 있는지 알아보겠다.”

환웅은 곰과 호랑이에게 쑥과 마늘을 주었어요.

“앞으로 굴에서 이것만 먹고 지내보아라. 그동안 햇빛을 보아서도 안 된다. 그러면 사람이 될 것이다.”

곰과 호랑이는 굴속으로 들어갔어요. 그리고 환웅의 말대로 쑥과 마늘만 먹으며 지냈어요.

하루가 가고 이틀이 가고, 그렇게 여러 날이 지났지요. 호랑이는 너무나 힘들었어요.

"배가 고파서 정신도 못 차리겠다. 어이구."

결국 호랑이는 굴 밖으로 뛰쳐나가고 말았어요. 하지만 곰은 꾹 참았어요.

"사람이 되고 싶다, 사람이 되고 싶어. 나는 견디어 낼 거야."

드디어 21일이 지났어요. 곰은 아름다운 여자로 다시 태어났어요. 사람들은 곰이 변해서 된 여자를 웅녀라고 불렀어요. 환웅은 아름다운 웅녀가 마음에 꼭 들었지요. 그래서 둘은 혼인을 했어요.

환웅과 웅녀는 사내아이를 낳았어요. 아이는 씩씩하고 늠름하게 자라났어요. 그리고 어른이 되어 고조선이라는 첫 나라를 세

웠어요. 바로 우리들의 조상인 단군이에요.

우리 겨레의 시작을 알린 백두산은 우리가 사는 이 땅의 등줄기와도 같은 백두대간이 출발하는 곳이에요. 백두대간은 지리산에 이르기까지 아름다운 삼천리를 이루고 있어요. 그래서 백두산의 힘찬 기운이 전국 방방곡곡으로 퍼져 나갈 수 있는 거예요.

백두산은 가장 높은 2,750미터의 장군봉 꼭대기에 얹혀 있는 하얀 돌이 마치 흰머리와 같다 하여 백두산이라 부르게 되었대요. 옛날에는 백두산을 태백산이라고도 불렀어요. 산 너머 중국에서는 장백산이라고 하지요.

백두산은 아주 오래전 화산이 폭발하고 용암이 흘러내리면서 산의 모습을 갖추었어요. 꼭대기에는 커다란 화산 호수가 있지요. 이것이 바로 천지예요. 2,000미터가 넘는 16개의 봉우리들이 천지를 빙 둘러싸고 있어요.

천지는 둘레만 해도 약 14킬로미터이고, 가장 깊은 곳은 거의 400미터나 된대요. 거울처럼 맑아서 하늘빛에 따라 호수빛이 달라지지요. 이런 천지에도 재미난 이야기가 전해져요.

옛날 옛적 백두산 아래에 작은 마을이 있었어요. 사람들은 농사를 지으며 평화롭게 살고 있었지요. 그런데 하루는 심술궂은 용이 나타나 냇물을 모조리 없애 버렸어요. 물이 없으니 논과 밭의 곡식이 모두 말라 갔지요.

　사람들은 백씨 성을 가진 장수를 찾아갔어요. 백 장수는 지혜롭고 용감한 사람이었어요. 그래서 어려운 일이 있을 때마다 앞장서서 사람들을 도왔지요. 백 장수는 사람들과 밤낮으로 땅속의 샘물줄기를 찾아다녔어요.

　"찾았다! 물이 콸콸 나오는 샘물이 있다."

　마침내 물줄기를 찾아낸 사람들은 기뻐했어요. 하지만 용이 다시 나타나 애써 찾아낸 샘물 위로 돌무더기를 쏟아부었어요. 샘물 위에는 커다란 돌산이 생겨 버렸지요.

“저런 못된 용이 있나!”

“이 마을에서는 이제 살 수 없어.”

사람들은 실망했어요. 그곳에서 사는 것을 포기하고 하나둘씩 마을을 떠나는 사람이 생겨났지요.

백 장수는 마음이 아팠어요.

‘아아, 어쩌지? 샘물을 못 찾으면 이 마을은 곧 유령 마을처럼 변하겠어.’

걱정을 하고 있는 백 장수 앞에 아리따운 공주가 나타났어요.

“공주님, 이곳은 못된 용이 나타나는 곳입니다. 위험하니 어서 피하세요.”

하지만 공주는 침착하게 말했어요.

“제 꿈에 산신령이 나타나 이렇게 이르셨어요. 백 장수는 백두산 위의 옥장천 물을 백 일 동안 마시라고요. 제가 옥장천이 있는 곳을 알고 있어요.”

두 사람은 백두산으로 갔어요. 아슬아슬한 벼랑 밑에 옥처럼 맑은 물이 고여 있었지요.

백 장수는 이 물을 열심히 마셨어요. 백 일이 지나자 백 장수는 힘이 마구 솟구쳤어요.

  백 장수는 산꼭대기로 올라가 삽으로 땅을 파기 시작했어요. 삽이 어찌나 컸던지 한 삽을 파내어 던지면 그대로 산봉우리가 되었지요. 몇 번 땅을 파내자 마침내 바닥에서 강물 같은 물줄기가 솟아났어요.

  용이 이것을 알고 다시 날아왔어요.

  "어느 녀석이 감히 백두산의 물줄기를 터뜨렸느냐?"

  용은 불 칼을 휘둘러 댔지요. 백장수도 지지 않고 긴 칼을 뽑아 나섰어요. 용과 백장수의 싸움은 쉽사리 끝나지 않았어요.

그때 공주가 겁내지 않고 침착하게 용에게 칼을 던졌어요. 칼을 맞은 용은 비틀거렸어요.

"내 칼도 받아라!"

백 장수는 용이 들고 있던 불 칼을 힘껏 내리쳤어요. 불 칼은 떨어져 두 동강이 나고 말았지요.

"아니, 이럴 수가……."

용은 하는 수 없이 바다로 도망치고 말았어요. 용을 물리친 백 장수와 공주는 아까 파냈던 구덩이로 가 보았어요. 물이 어느덧 가득 차서 넘실거리고 있었지요. 이것이 바로 천지예요.

백 장수와 공주는 천지 속에 궁궐을 지어 놓고, 다시는 용이 넘보지 못하게 지키며 살았대요. 그래서인지 천지의 물은 한 번도 마른 적이 없다고 해요.

천지의 물은 대부분 땅속에서 솟아난 거예요. 이 물은 북쪽의 트여진 곳으로 흘러내려요. 물은 흐르다가 68미터의 벼랑을 만나면 우렁찬 소리를 내며 떨어지지요. 이것이 바로 비룡 폭포예요. 중국에서는 장백 폭포라고 불러요.

백두산의 겨울은 아주 길지요. 하지만 산이 높으니 여러 날씨에 맞는 다양한 나무와 풀이 자라고 있어요. 미인송처럼 키가 30미

터도 넘게 쭉쭉 뻗은 나무들이 아름다운 숲을 이루기도 하고요. 아주 높은 곳에는 북극처럼 추운 곳에서 자라는 식물도 자란대요. 또 백두산에는 질 좋은 약초도 많이 나지요.

그 밖에도 백두산에는 검은담비, 표범, 호랑이, 사향노루, 산양 등 희귀 동물도 많이 살고 있답니다.

만주 벌판을 달리던 고구려인

우리 겨레가 처음 세운 고조선은 중국 한나라에게 망했어요. 그 뒤 만주 송화강 강가에는 다시 부여라는 나라가 생겨났지요.

그리고 이어 일어선 고구려 사람들은 백두산의 힘찬 기운을 고스란히 타고난 사람들이었나 봐요. 한나라 군사들을 몰아내고 옛 고조선의 땅을 모두 되찾았지요. 그뿐만이 아니에요. 서쪽으로는 중국의 요동 지방, 북쪽으로는 흥안령까지 나라를 넓혔어요.

생각해 보세요. 말을 타고 드넓은 만주 벌판을 쌩쌩 달리던 고구려의 청년들! 고구려가 중국 당나라에게 망한 뒤에 이곳에는 다시 발해라는 나라가 생겼어요. 발해는 그곳에 남아 있던 고구려 사람들이 세운 나라예요.

중국 사람들은 발해를 해동성국이라고 불렀지요. 해동성국은 동쪽에 있는 강하고 넓은 나라라는 뜻이에요.

발해는 당나라를 몰아내고 옛 고구려 땅을 되찾았지요. 그뿐 아니라 지금의 러시아 연해주 지방까지 영토를 넓혔어요. 하지만 발해가 망하면서 백두

산은 다시 중국과 우리 한반도를 가르는 국경에 놓이게 되었지요.

　세월이 한참 지난 뒤, 백두산과 만주 벌판은 씩씩한 독립군의 무대가 되었어요. 나라를 빼앗은 일본 군대에 맞서 용감하게 싸우던 독립군은 나라 잃은 우리 민족에게 가슴 벅찬 희망을 주었답니다.

부록
교과가 튼튼해지는
우리 것 우리 얘기

우리나라 팔도 명산에 얽힌 재미있고 유익한 이야기들, 모두 잘 읽어 보았나요?

산은 우리 조상들이 살아온 삶의 터전이자 우리 민족이 걸어온 역사의 현장이었어요. 또 진귀한 동식물이 살고 있는 생명의 보물 창고이자 신기하고 재미난 전설이 가득한 곳이기도 하지요.

그럼 이번에는 한반도의 산맥에 대해서도 알아보기로 해요.

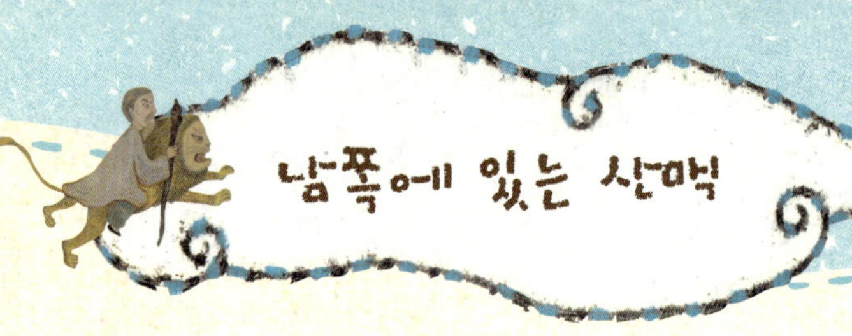

태백산맥

태백산맥은 산맥의 동쪽과 서쪽의 높이와 기울기가 달라요. 내륙 쪽으로 뻗은 서쪽 산맥은 경사가 완만하지만, 동해 쪽으로 뻗은 동쪽 산맥은 경사가 급하고 산세가 험하지요. 예전에는 태백산맥 때문에 동서를 오가는 것이 무척 힘들었어요. 대관령, 미시령, 한계령, 진부령같이 높고 험한 고개를 넘어야만 했거든요. 하지만 지금은 이러한 고개들이 관광 명소가 되었어요.

소백산맥

소백산맥은 태백산맥에 위치한 태백산에서 남서 방향으로 뻗은 소백산과 속리산을 거쳐 덕유산과 지리산을 지나 여수까지 이어진 산줄기예요. 예로부터 전라도와 경상도를 구분 짓는 경계가 되어 왔어요. 전라도와 경상도 사람들은 말투나 생활 방식이 아주 많이 다른데, 이것은 높은 산맥이 가로막고 있어 서로 소통할 기회가 적었기 때문에 생긴 지역 간의 차이지요.

차령산맥

태백산맥의 오대산에서 갈라져 나와 충청도 지방으로 길게 뻗은 산맥이에요. 차령산맥은 중생대에 형성된 지역으로 편마암과 화강암이 많고, 산지가 낮은 것이 특징이지요. 차령산맥 주위는 기후가 따뜻하고 습하여 여러 종류의 동식물이 서식하고 있어요. 이곳은 금이나 은 같은 귀한 지하자원이 많이 묻혀 있어서 예로부터 사람들의 발길이 잦았던 곳이기도 해요.

노령산맥

노령산맥은 소백산맥의 중간에 위치한 추풍령 부근에서 갈라져 남서 방향으로 뻗은 산맥이에요. 전라북도 지방의 중심을 통과하여 전라남도 무안 군도에 이르지요. 노령산맥은 우리나라 산맥 가운데 산의 평균 높이가 가장 낮은 노년기의 산맥이에요. 서쪽 부분으로 갈수록 산맥이 낮아지다가 넓은 호남평야와 맞닿아요. 노령산맥의 북쪽 끝자락에는 덕유산, 내장산 등이 있어서 관광 명소로 주목을 받고 있지요.

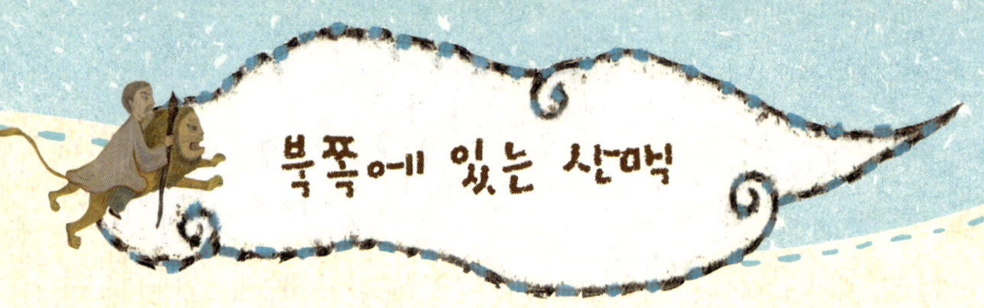

함경산맥

함경산맥은 함경도에서 중국 쪽으로 곧게 뻗어 있는 산맥이에요. 동쪽으로는 산세가 높고 험하지만 남쪽은 바닷가와 맞물린 지역으로 경사가 점점 완만해지다가 평야 지대를 이루는 것이 특징이에요. 함경산맥은 높이가 2,000미터가 넘는 높은 산이 빼곡하게 솟아 있어요. 한반도 전체를 통틀어 높은 산이 가장 많은 산맥이지요. 산맥이 높다 보니 평균 기온이 섭씨 2~6도밖에 되지 않아요. 1월이면 기온이 무려 영하 20도까지도 내려간대요. 그리고 이곳은 아직 산맥을 가로지르는 도로가 발달하지 못했기 때문에 자연환경이 잘 보존되어 있는 편이라고 해요.

낭림산맥

낭림산맥은 북한의 자강도와 평안남도 및 함경남도에 두루 걸쳐 있는 산맥이에요. 태백산맥과 함께 한반도의 등줄기를 이루는 산맥이지요. 동쪽 지역은 산세가 가파르지만, 서쪽 지역은 완만한 편이에요. 낭림산맥의 끝자락에는 우리나라 최대의 고원인 개마고원이 있어요. 이곳은 '한국의 지붕'이라고 불릴 만큼 높은 곳이지요. 개마고원에서 아래를 바라보면 2,000미터 이상 되는 높은 산도 완만한 언덕처럼 보일 정도라고 해요. 낭림산맥에 자리 잡은 산들은 산세가 우거지고, 희귀한 동식물이 많이 살고 있기로 유명해요. 그래서 북한 사람들은 이곳에서 많은 자원을 얻고 있어요.

한반도의 산맥과 산
백두산에서 지리산까지 이어지는 산줄기를 '백두대간' 이라고 해요.
백두산 천지
백두산에서 뻗어 내린 산줄기는 태백산을 거쳐 남서쪽으로 구부러져요.
태백산의 주목
국토 연구원에서 완성한 새 산맥 지도예요.
조선 시대 만들어진 김정호의 '대동여지도'와 많이 닮아 있어요.
한반도를 크게 동서로 갈라놓은 산줄기는 지리산에 이르러요.
지리산 노고단
백두산
곤산
고석굴산
두류산
낭림산
고대산
묘향산
두류산
화개산
금강산
멸악산
설악산
오대산
북한산
치악산
태백산
계룡산
속리산
덕유산
가야산
천성산
내장산
금정산
지리산
무등산
백운산
와룡산
1차 산맥
2차 산맥
한라산

〈오십 빛깔 우리 것 우리 얘기〉 시리즈
권별 교과 연계표

 국어  사회  과학  도덕  음악  미술
 체육  실과  바 바른 생활 슬 슬기로운 생활  즐 즐거운 생활

- 신 나는 열두 달 명절 이야기 — 사 3-2 사 5-1 사 5-2 슬 1-2
- 관혼상제, 재미있는 옛날 풍습 — 국 1-2 국 4-1 사 3-2 사 5-2
- 조상들은 어떤 도구를 썼을까 — 국 2-2 사 3-1 사 5-1 사 5-2
- 옛날엔 이런 직업이 있었대요 — 국 5-1 국 6-2 사 3-1 사 4-2
- 꼭 가 보고 싶은 역사 유적지 — 국 4-1 국 4-2 사 6-1 사 6-2
- 신토불이 우리 음식 — 국 3-1 사 3-1 사 5-1 사 6-2
- 어깨동무 즐거운 우리 놀이 — 국 4-1 사 5-2 체 4 즐 2-2
- 나라를 다스린 법, 백성을 위한 제도 — 사 3-2 사 4-1 사 6-1 사 6-2
- 하늘을 감동시킨 효자 이야기 — 도 3-1 도 5 바 1-1 바 2-2
- 오천 년 지혜 담긴 건물 이야기 — 국 4-1 국 4-2 사 5-1 사 5-2
- 세계가 놀란 발명 이야기 — 국 3-1 국 5-2 사 3-1 사 5-2
- 빛나는 보물 우리 사찰 — 국 4-1 사 6-2 바 2-2
- 나라의 자랑 국보 이야기 — 국 5-2 사 6-1 사 6-2 바 2-2
- 나라를 지킨 호랑이 장군들 — 국 4-2 국 6-1 사 6-1 바 2-2
- 오천 년 우리 도읍지 — 국 4-1 사 5-2 사 6-1
- 하늘이 내린 시조 임금님들 — 국 6-2 사 5-2 사 6-1 바 2-2
- 옛날 관청과 공공시설 — 사 3-1 사 3-2 사 6-1 사 6-2
- 옛사람들의 우정 이야기 — 국 4-1 국 6-2 도 3-1 바 1-1
- 얼쑤, 흥겨운 가락 신 나는 춤 — 국 6-1 국 6-2 사 3-1 음 3
- 아름다운 독도와 우리 섬 — 국 2-1 국 4-1 국 5-2 사 4-1
- 본받아야 할 우리 예절 — 국 3-2 도 4-1 바 2-1 바 2-2

- 놀라운 발견, 생활의 지혜 — 국 2-1 국 2-2 사 3-1 사 5-1
- 옛사람들의 교통과 통신 — 사 3-2 사 4-1 사 5-2
- 머리에 쏙쏙 선조들의 공부법 — 국 4-1 국 4-2 국 6-2 도 3-1
- 우리 국토 수놓은 식물 이야기 — 국 1-1 국 5-1 과 4-2 바 1-2
- 큰 부자들의 경제 이야기 — 사 3-2 사 4-2 사 5-2 슬 2-2
- 생명의 보물 창고 우리 생태지 — 국 2-1 국 4-2 사 6-1 과 5-2
- 우리가 지켜야 할 천연기념물 — 국 2-1 과 3-2 과 4-1 과 5-2
- 안녕, 꾸러기 친구 도깨비야 — 국 2-2 국 3-1 국 4-1 사 3-2
- 오천 년 우리 강 이야기 — 사 3-2 사 5-1
- 교과서 속 우리 고전 — 국 3-1 국 4-2 국 5-1 국 6-2
- 알쏭달쏭, 열두 가지 띠 이야기 — 국 3-1 사 3-2 사 5-2 사 6-1
- 빛나는 솜씨, 뛰어난 재주꾼들 — 국 4-2 사 6-1 음 4 미 3, 4
- 수수께끼를 간직한 자연과 문화 — 국 4-1 사 5-2 바 2-2
- 천하제일 자린고비 이야기 — 국 6-2 사 4-2 도 5 실 5
- 민족의 영웅 독립 운동가 — 국 6-2 사 6-1 바 2-2
- 우리 조상들의 신앙생활 — 국 5-2 사 3-2 사 5-2 사 6-1
- 정다운 우리나라 동물 이야기 — 국 2-1 국 2-2 국 6-1 과 3-2
- 멋스러운 우리 옛 그림 — 국 4-2 사 6-1 미 3, 4 미 5
- 전설 따라 팔도 명산 — 국 2-1 국 2-2 사 5-1 음 6
- 방방곡곡 우리 특산물 — 사 3-1 사 4-1 사 5-2
- 아름다운 궁궐 이야기 — 국 4-1 사 6-1 미 5 바 2-2
- 역사를 빛낸 여자의 힘 — 사 6-1 바 2-2
- 신명 나는 우리 축제 — 사 3-1 사 4-1
- 우리가 알아야 할 북한 문화재 — 사 5-2 사 6-1 바 2-2
- 봄, 여름, 가을, 겨울 24절기 — 사 5-1 사 6-1 과 6-2 슬 6-2
- 나누는 즐거움 우리 공동체 — 도 4-1 바 2-2
- 이야기가 술술 우리 신화 — 국 1-2 국 6-2 사 3-2 사 5-2
- 흥겨운 옛시조 우리 노래 — 국 6-2 사 5-2 음 3 음 6
- 조상들의 지혜, 전통 의학 — 국 5-1 국 6-2

오십 빛깔 우리 것 우리 얘기 33

전설 따라 팔도 명산

초판 1쇄 인쇄 | 2011년 8월 9일
초판 1쇄 발행 | 2011년 8월 16일

글쓴이 | 우리누리
그린이 | 김주리

발행인 | 김우석
편집장 | 신수진
책임 편집 | 이정은
편집 | 박경화, 최은정
마케팅 | 공태훈, 김동현, 이진규

편집 진행 | 한보미
디자인 | 디자인꾼
인쇄 | 성전기획

발행처 | 중앙북스
등록 | 2007년 2월 13일 제 2-4561호
주소 | (100-732) 서울시 중구 순화동 2-6번지
편집문의 | (02)2000-6324
구입문의 | 1588-0950
팩스 | (02)2000-6174
홈페이지 | www.joongangbooks.co.kr

ⓒ 우리누리 2011

ISBN 978-89-278-0132-0 14800
      978-89-278-0092-7 14800(세트)

· 많은 사람이 최선을 다해 만든 책입니다.
  그러나 혹시라도 잘못된 내용이 있으면 편집부로 연락바랍니다.
· 잘못 만들어진 책은 구입하신 서점에서 교환해 드립니다.
· 주니어중앙은 중앙북스의 어린이 책 브랜드입니다.

*주니어중앙 카페에서 이 책과 관련된 독후활동 자료를 무료로 다운 받으실 수 있습니다.
 http://cafe.naver.com/jbookskid